魅了が解《と》けた元王太子と
結婚させられてしまいました。
なんで私なの!?　勘弁してほしいわ!

登場人物紹介
リカルド
魅了の魔法にかけられて事件を起こした元王太子。事件後、責任をとって公爵となり領地にひきこもっている。
ミディアローズ
明るく元気な侯爵令嬢。その明るさを見込まれて、元王太子であるリカルドと結婚してくれないかと頼まれてしまった。

ポーレッタ
リカルドの元婚約者。
ランドセン侯爵夫人
ミディアローズの母。
ランドセン侯爵
ミディアローズの父。
アーサー
リカルドの元側近の弟。
リカルドを護れなかった
兄を軽蔑している。
ジャック
リカルドの元側近。剣
の腕が立ち、騎士団長
候補だったが、今は世
をすねている。

目次

魅了が解《と》けた元王太子と
結婚させられてしまいました。
なんで私なの!?　勘弁してほしいわ!

プロローグ

それはまだ私が子供だった頃、我が国で小説みたいな出来事が起こったそうだ。

『お前との婚約は破棄する！　私は真実の愛を見つけたのだ！』

王太子が婚約者にそう言って、婚約を破棄したらしい。

なんでも、王太子の真実の愛の相手に嫌がらせをしたり怪我をさせたりしたと言って、婚約者を断罪したと聞いている。

その後、王太子はその真実の愛の相手とやらと結婚しようとしたが、彼女が王太子に魅了の魔法をかけていたことが判明した。

もちろん、その女性と後ろで糸を引いていた彼女の親は捕らえられ処刑される。

女性は王太子をはじめとして、彼の側近の宰相の令息、騎士団長の子息、宮廷医師団長の継嗣《あとつぎ》、魔導士団長の息子にも魅了の魔法をかけていたようだ。彼女が魔法で王太子や側近たちを骨抜きにして操り、それを足がかりに彼女の父親が国王をも魔法で意のままにして、国を我がモノにしようとしていたらしい。

王太子の魅了の魔法が完全に解《と》けるまでには、一年近くかかったようだ。

そんな魔法にかかる間抜けな者が国の政《まつりごと》を司《つかさど》る王家の跡取りになれるわけがない。

王太子も側近たちも、輝かしい未来をなくした。

――それから十年が経ち、事件が原因で廃嫡《はいちゃく》になった元王太子は現在、公爵になっている。

なんの因果か知らないが、私はその元王太子に嫁《とつ》ぐことになってしまった！

第一章

「――ミディアローズ、お前の婚約が決まったぞ」

学校から戻ってすぐ父に執務室に呼ばれた私は、いきなりそんなことを言われた。

「淑女学校を卒業したら式を挙げ、正式に結婚する予定だ」

私が淑女学校を卒業するまであと半年しかない。

我が国の女子は十三歳になると淑女学校に入学する。そこで、貴族の夫人として最低限必要なことを学び十五歳で卒業するのだ。

その後はそのまま結婚する人もいるし、更に王立学校に通う者もいる。

私は王立学校に進学するつもりだったのに、結婚って？

「……お父様、お相手はどなたなのですか？」

「相手はフェノバール公爵だ」

「フェノバール公爵？」

フェノバール公爵って確か、今の王太子殿下のお兄様だよね？

えっ？　王太子殿下が私より十歳年上だから、それよりも上じゃない！

「お父様、年が離れておりませんか？」

「貴族にはよくあることだ」

加えて、フェノバール公爵って、あの有名な魅了魔法事件で婚約者を断罪するという無茶苦茶をやらかして、廃嫡《はいちゃく》された人だ。

「廃嫡《はいちゃく》された元王太子ですよね？」

「まぁ、そうだな……」

「なんで、私がそんな人と結婚しなきゃならないのですか？」

「仕方ないのだ。国王に頭を下げられたら断れない」

父の口は重い。

父の横にいた母が私の隣に来て手を握ってくれる。

「ごめんなさい。私が王妃殿下と従姉妹《いとこ》なのはあなたも知っているでしょう？　王妃殿下は長男のリカルド様のことをとても心配しているの」

それは分かるけど、なんで私なのよ。

私はまだ結婚などしたくない。

「とにかくこれは王命で決まったことなのだ。私では覆《くつがえ》せない。諦《あきら》めてくれ」

「ごめんね。ミディア、我がランドセン侯爵家の未来はあなたにかかっているのよ」

我が家の未来？　どういうこと？

「お母様、どういうことですか？」

「あっ！　なんでもないわ」

「なんでもなくないでしょう！　白状してください！」

私は母に詰《つ》め寄《よ》った。

「実はね。あなたが結婚を承諾してくれたら、以前、王家に取られた北側の領地を返してもらえるの。あれがあれば、通行税が入るし、魔法石の採れる山がまた我が家門のものになるのよ」

「私は家の繁栄のための犠牲になるのですね」

低い声で恨めしそうに言ってやる。

「国王陛下も王妃殿下もお前を大切にするとおっしゃっている。ミディア頼む」

思いっきり嫌そうな顔までしたのに、父に拝《おが》まれた。

うちは王家の血筋がちょろ～っと入っている侯爵家だ。まぁ、次期国王の兄と結婚してもおかしくはない程度には家格が高い。

それにしても、頼んでいるというのは国王陛下と王妃殿下だけ。肝心の公爵閣下はどうなのよ。

いくら例の事件で人生を棒に振ったとはいえ、彼は一応王族。現在は臣下に降り公爵となったことをきちんと受け入れ、優良な領地経営を行い、利益も出している。それもそのはずで、彼は国王になるべく育てられた超エリートらしい。

魔法をかけられたばかりに婚約者を無茶苦茶な理由で断罪した責任をとって王位継承権を放棄したものの、今でも優秀なんだし、彼に嫁《とつ》ぎたい令嬢はいるでしょう？

「まぁ、そういうことで、これは決まりだからな。よろしく頼む」

父はそう言って席を立ち、部屋から出ていった。

逃げたな。

「大丈夫よ。公爵閣下はとても素敵な方だし、きっと幸せになるわ」

母は呑気《のんき》に微笑《ほほえ》んでいた。

◆　◆　◆

結局、私は公爵閣下、国王陛下、王妃殿下の三人に閣下のお屋敷で会うことになった。

父母と共に約束の時間に公爵邸へ向かう。

朝から侍女たちにこれでもかと磨き上げられ、上品で可憐《かれん》に見えるドレスを着せられる。髪はハーフアップに結い上げられた。

これで少しは大人っぽく見えるだろう。

なんせ十二歳も年が離れているのだ。私は十五歳、公爵閣下は二十七歳。公爵閣下は私より父母とのほうが年が近い。

あぁ嫌だ嫌だ。

馬車の中でそんなことを考えているうちに、公爵邸に到着してしまった。

出迎えてくれたのは、四十代くらいの紳士。多分、家令だ。

そして、同じく四十代くらいの女性。

メイド服を着ているので侍女頭というところか？

その後ろに何人かの使用人たちがいる。この屋敷に仕《つか》えている人たちなのだろう。

「ようこそおいでくださいました。家令のセバスチャンと申します」

セバスチャンの案内で私たちは客間に向かう。

「お見えになりました」

開かれた扉の先には、国王陛下と王妃殿下がいた。

公爵らしき人の姿はない。

「来てくれてありがとう。礼を申す」

国王陛下が私たちに頭を下げる。

とりあえず父が挨拶《あいさつ》をするが、さすがに恐縮していた。

「ミディアローズ嬢、本当にごめんなさいね。でも、あなたしかいなかったの」

王妃殿下が私の手を握った。

あなたしかいないと言われても、知らんがな。

令嬢は他にもたくさんいる。

公爵はもう二十七歳なんだから、出戻りとか行き遅れとかの訳あり令嬢でいいんじゃないの？

自分も訳ありなんだしね。

それにしても、なんで本人がいないのよ。

「今日は、フェノバール公爵閣下は？」

父も疑問に思ったようで、国王陛下に聞く。

「それが……」

陛下はなんとも歯切れが悪い。

「部屋から出てこないの」

陛下に代わって答えた王妃殿下は困り顔だ。

要するに、私に会いたくないから閉じこもっているんだな。

「不敬を覚悟で申し上げます。閣下は結婚する意思がないのでお逃げになられたのですね。そんなに嫌なら顔を見て断ればよろしいではありませんか。籠城《ろうじょう》とは情けない。部屋に行ってもよろしいですか？」

ブチ切れた私は国王陛下を睨《にら》みながらそう告げた。

「セバスチャン、公爵閣下の部屋に案内してくださいませ」

セバスチャンが目を泳がせる。

国王陛下が目でセバスチャンを促《うなが》し、彼は小さく頷《うなず》いた。

「ご案内いたします。こちらへ」

私はセバスチャンと共に歩き出した。


公爵閣下の部屋には、セバスチャンを先頭に私、父母、そして国王陛下、王妃殿下が続いた。

「リカルド様、おられますか」

扉の前に立ったセバスチャンが中にいるのであろうその人に声をかけるが、もちろん返答はない。

そして、閣下の名前はリカルド様というのか。

母が名前を口にしていた気がするが、聞いていなかった。

セバスチャンがドアに手をかける。けれど、鍵がかかっていた。

セバスチャンは何度も名前を呼び、扉を叩《たた》く。

「ダメですね。返答がございません」

「セバス、鍵は持っているか？」

国王陛下が声をかける。

「はい。ございます」

「よこせ」

鍵をセバスチャンから受け取った陛下が扉を開けた。

「リカルド！」

中に向かって、呼びかける。

椅子に腰掛けていた公爵閣下らしき人が、開いた扉を見てぎょっとした顔をした。

「勝手に開けないでください」

「お前が悪い！」

国王陛下はかなり怒っている。

「せっかく婚約者に来てもらったのに、その態度はなんだ！」

「私は頼んでませんよ」

「なんだと！」

「父上たちが勝手にしたことです。私には関係ありません」

あら～、いい大人が何を言っているんだか。

私はますますイラッとする。

「発言してよろしいですか」

その勢いで手を上げた。

「許す」

国王陛下の許可が出る。

「初めまして。ランドセン侯爵家が長女、ミディアローズと申します」

とりあえずカーテシーをし、公爵閣下の前に出た。

「僭越《せんえつ》ですが、いい大人が何を言ってるんですか？　公爵閣下はおいくつですか？　幼児ではあるまいし、恥ずかしいですよ」

公爵閣下はその言葉に驚いたのか、目を丸くして私を見る。

「ミディア……」

父は青い顔をしていた。冷や汗をかいているようだ。

「結婚が嫌ならきちんと断ればよろしいでしょう。このように逃げていても何も解決いたしません」

「……」

「私からは断れないのですよ！　身分の低い者のことも考えてくださいませ。とはいえ、閣下に断られれば、私は元王太子に婚約を断られた女というレッテルを貼られ、もう貰《もら》い手《て》がつきません。それでも、こんな子供じみたことをしているつまらない男と結婚するよりはマシです！」

国王陛下からの命令を断ることなど、私にはできはしない。

そして断られれば、一度、結婚に失敗した男にとっても妻にするに値しない女とレッテルを貼られ、嫁《とつ》ぎ先《さき》がなくなる。

まぁ、私は結婚に対する夢を持っていないので、嫁《とつ》ぐ先がないなら女騎士か文官になればいい。

さあ、早く断れ！

「申し訳ございません。このお話を頂いた時にも申し上げましたが、ミディアローズはこのとおり、少々血の気が多く苛烈《かれつ》な性格でございます。私どもに断る権利などないのは重々承知しておりますが、やはりこのお話はなかったことにできませんでしょうか」

父は平身低頭状態だ。

ところがそこで、国王陛下がふっと笑った。

「だからこそ、リカルドの妻に望んだのだ。ミディアローズなら息子を叱咤《しった》激励《げきれい》し、尻をばんばん叩《たた》いてくれそうだからな」

私は確かに暴れん坊令嬢だ。

幼い頃から剣と体術を学び、同年代の男には負けない自信がある。

そして口も達者だ。

曲がったことが嫌いで、立場が上の者にも辛辣《しんらつ》に意見する。

父がいつも頭を抱えているこの性格を、国王陛下は気に入ったのだろうか。

「分かりました。結婚すればいいのですね」

父親の態度を見てどうしようもないと観念したのか、公爵閣下がぼそっと呟《つぶや》く。

「リカルド、お飾りの妻ではダメよ。きちんと話をして、お互いに尊重できる夫婦になってちょうだい」

王妃殿下は彼の腕を掴《つか》み、その顔を見た。

「はい。仰《おお》せのままに」

魂《たましい》の入っていない態度と返事だ。

その返事にまたイラッとする。

「申し訳ございませんが、私は辞退いたします。そんな『仰《おお》せのままに』などとおっしゃる方と添《そ》い遂《と》げられるとは思いません。失礼します」

私はくるっと体勢を変え、玄関に向かって歩き出した。

すぐに玄関を出て馬車に飛び乗る。

窓から外を見ると、父と母が国王陛下と王妃殿下にコメツキバッタのようにぺこぺこ頭を下げていた。

私は昔から一刀両断、切り捨て御免みたいなことをやらかしてしまう。

侯爵家の娘だから、それほど相手からの苦情は出ないが、それでも父は今日のように頭を下げて回っていた。

当然、周囲からは令嬢らしくしなさい、淑女らしくしなさいと言われている。

もちろん普段はそうしているのだが、スイッチが入ると止まらなくなるのだ。

暫《しばら》くして、父母が馬車に乗り込んできた。

「全くお前には困ったものだ。今日のところはこのまま帰るが、日を改めて顔合わせをすることになったからな」

「はぁ？　破談にならなかったのですか？」

これで終わったと思っていたのに、どういうことだ？

「国王陛下と王妃殿下がことのほかお前を気に入ってな。ぜひ、公爵閣下に嫁《とつ》いでほしいとおっしゃったんだ」

「勘弁してくださいませ。私はあんな人と結婚するのは嫌です」

父の汗の量が凄《すご》い。

「頼む。我が家門のために嫁《とつ》いでくれ。変な貴族の嫁になるよりいいぞ。公爵夫人だ。この世の春だぞ」

「そうよ。確かに夫婦仲の良さを望むのは難しいかもしれないけれど、自分は結婚してないんだと思えばいいの。公爵閣下のことは、たまに見かける同居人だと考えればいいわ」

父も母も無茶を言う。

貴族に愛し愛される結婚なんて無理なのは分かっている。

しかし、あんな意思のない奴は嫌だ。

「とにかく私は嫌ですから」

私は思いっきり嫌な顔をした。

◆ ◆ ◆

「――ミディア、お見えになられたぞ」

あれから数日。

今度は、公爵閣下がうちにやってきた。

爵位の上の者が来たら、出迎えないわけにはいかない。

「ようこそおいでくださいました」

私は彼を出迎え、カーテシーをする。

「先日は失礼しました。リカルド・フェノバールです」

公爵閣下はばつが悪そうな顔で挨拶《あいさつ》をした。

父が客間に案内する。

今日は公爵閣下一人だけだ。

といっても、従者らしき人はいる。

その彼が、父に国王陛下からだと言って手紙を渡す。

先日の詫《わ》びと、よろしく頼むという一言が書かれているようだ。

「それでは、私はこれで失礼します。ミディア、くれぐれも失礼のないようにな」

「分かっておりますわ」

父が私にダメ押しをしてから部屋を出た。私は改めて公爵閣下に向き直る。

「先日は失礼いたしました。てっきり破談になると思っておりましたのに、私と結婚する気があるのですか？」

おっと、父に言われたばかりなのに、また失礼なことを言ってしまった。

私は慌てて口に手を当てる。

それを見た公爵閣下が楽しげに笑った。

「いや、失礼したのは私のほうだ。今までも何人か令嬢を紹介されたのだが、どの方もあんなことがあった私に擦《す》り寄《よ》ってくるので気持ち悪くなってしまってね。王家と縁続きになるために、こんな私とでも結婚したいのか、と……そのせいで、きっと君もそうだと思い込み、あんな態度をとってしまった。本当に申し訳なかった」

いやいやいやいや、そんなこと言われてもなぁ。

「それは閣下の考えすぎで、本当に閣下と結婚したい令嬢もいたかもしれませんよ」

「いないよ。私はもう終わった人なんだ。私と結婚しても、私には妻の家門に援助したり、特別扱いしたりする力はない。それらのことを望むなら、私ではなく王太子や栄えている貴族と結婚したほうが得だよ。私の領地はまだまだこれからで、それほど利益が出ているわけじゃないからね」

ほ〜。思っていたのとイメージが違うな。

優秀との噂はあくまで彼の立場を忖度《そんたく》したもので、王家の脛《すね》をかじって生きている奴だと思っていたけど、そうでもないみたいだ。

「見直しましたわ。ちゃんと領地経営をしていらっしゃるのですね。私はてっきり、領地のことは誰かに丸投げしているお飾り領主で、外聞が悪いので分家したものの王家の脛《すね》をかじっているのだと思っておりました」

「手厳しいな」

「申し訳ございません。こんな失礼な人間なので、先日の話は破談にしていただいて結構ですよ」

「いや、破談にはしない。我が領地にはランドセン侯爵家の力が必要なんだ。侯爵から学びたいことがたくさんある」

えっ？　父から学ぶこと？

あの父から何を学ぶのだ？

もしかして、私が知らないだけで父は有能なのだろうか？

「それに君は信用できる。辛辣《しんらつ》な意見も正直に言ってくれる。私の周りは皆、腫《は》れ物《もの》に触るように私を見るんだ。魅了の魔法にかかって失敗した残念な王子だと腹の中では笑いながら」

「私は失礼な人間なだけですわ。閣下の傷に塩を塗《ぬ》り込《こ》むようなことを平気で申しますわよ」

「構わない。君は間違ったことは言わない。そうだろ？」

間違ったこと？　言っているかもしれないわよ。

「分かりました。では、私がいくら失礼なことを言ったりしたりしても、怒らないでくださいますか？」

「ああ。楽しみにしてるよ」

「もう一つ、よろしいですか？　済んだことをいつまでもぐだぐだ後悔するのは、やめてください。閣下が魅了の魔法にかかったことで不幸になったのは、閣下自身だけですよね。確かに婚約者のプライドは傷付けてしまいましたが、閣下との婚約を解消したことで彼女は好いた人と結婚できたそうですし、結果オーライです。閣下もいい加減に前を向いてください。魅了の魔法にかかったことを笑い話にするくらいになってください。そうする努力をしてくれるなら、結婚してもいいです」

これだけ言ったら、いくらなんでも引くだろう。

私はただの侯爵の娘。不敬にも程《ほど》がある。

閣下はきっといい人だ。私みたいな跳《は》ねっ返《かえ》りを押し付けられるような人じゃない。

「努力する。約束しよう」

はぁ～？　Ｍなの？

ここまで言われて、それでも結婚する気？

父の力がそんなに魅力的なのだろうか？

私は頭を抱えてしまった。

第二章

さて、公爵閣下に言った、あの事件で彼以外に不幸になった人はいないという言葉だが、何故《なぜ》、私がそれを知っているのかというと、時は少し遡《さかのぼ》る。

私はこの縁談の話が来てから、公爵閣下の元の婚約者に会ってみたいと思っていた。

「昔の傷をほじくり返すような真似はしないほうがいいのではなくて。あの方もあの時のことは思い出したくないのではないかしら」

母が私を止める。

でも、その令嬢がまだあの事件にこだわりを持っているのなら、その直後に結婚した平民と離婚して公爵閣下とやり直したいと考えることもあるんじゃないのかな？　元々公爵閣下のために、厳しい王子妃教育を受けていたくらいなのだから。

その辺をはっきりさせておきたい。

それなのに、母は「元鞘《もとさや》」なんて絶対にないと言う。

魅了の魔法にかかっていたとはいえ、酷《ひど》い扱いを受けたことに変わりはない。公爵には近づきたくないだろう、とのことだ。

そこでとりあえず、その令嬢が今どうしているか、調べてみた。

まず私は、当時のことを直接目撃している従姉妹《いとこ》のルビー姉様のところに出かけた。

「ミディア、久しぶりね。ポーレッタのことを聞きたいんだって？」

「そうなの。今どうしているのか気になって」

ルビー姉様は公爵閣下の元婚約者――ポーレッタ嬢と王立学校で同級生だったそうだ。あの婚約解消の現場にもいた。

「彼女、今は結婚して幸せに暮らしてるわよ」

「幸せなの？　でも傷もの令嬢と言われて貰《もら》い手《て》がなくなったせいで、平民に嫁《とつ》いだと聞いているわ」

「ええ、そうね。けれどその平民というのは、元々、ポーレッタが好きだった人なのよ。彼は豪商の長男とはいえ、平民でしょ。ポーレッタは侯爵令嬢で身分が違うから、あんなことがなければ、王太子と婚約していなかったとしても交際を反対されていたでしょうね」

そうだったのか。

ルビー姉様は話を続ける。

「確かに、みんながいるところでの婚約破棄は侯爵令嬢としてのプライドを傷付けたと思うけど、そこまでダメージはないんじゃないかしら。傷ものになったからこそ、平民の彼と祝福されて結婚できたんだもの」

「なんだ、公爵閣下は元婚約者を不幸にしたわけじゃなく、幸せにしたのね」

「そういうこと。結果オーライかもね。現にポーレッタは、『なにも王太子を辞めなくても良かったのに』と言っていたわ。彼女の話によると、リカルド殿下は本当に有能だったそうよ。ただ、好きな人がいたし、彼に恋愛感情は持てなかったらしいけどね」

会ってみたいな。

ポーレッタさんの口から、その話を聞いてみたい。

「お姉様、ポーレッタ様と会えないかしら？」

「会いたいの？　そうね。リカルド殿下と結婚するかもしれないなら、ポーレッタの気持ちを知りたいわよね」

「お母様に言ったら、古傷をほじくり返すような真似はするなと止められたの。ボーレッタ様は貴族と結婚できず平民と結婚したのよ、そんな屈辱的《くつじょくてき》な環境に落ちて、公爵閣下を恨んでいるはずだからって」

「屈辱《くつじょく》か……。叔母様は生粋《きっすい》の貴族だから、そんなふうに思うのね。ポーレッタはちゃっかりさんだから、慰謝料もたんまり貰《もら》ってたし、好きな人と結婚できたんだから、恨んでなんていないと思うわよ」

こうして私は従姉妹《いとこ》の仲立ちでポーレッタ様と会うことになったのだ。

◆　◆　◆

ルビー姉様に連れられて、私はポーレッタ様の屋敷に向かった。

想像していた平民の家とは違い、目の前の屋敷は貴族のものと変わらない大きく豪華なものだ。

「ようこそおいでくださいました。お待ちしておりました。ポーレッタでございます」

ポーレッタ様が美しいカーテシーで出迎えてくれる。

「お初にお目にかかります。ポーレッタ様、お忙しいのに無理を言ってすみません。ミディアローズ・ランドセンと申します」

「ポーレッタでよろしいのですよ。もう平民ですので様はいりません」

いや、そんなことを言われても困る。

「では、ポーレッタさんと呼ばせていただきますね」

私たちはサロンに移った。

「フェノバール公爵とご結婚されるそうですね。おめでとうございます」

ポーレッタさんは自然な笑顔だ。そこにはなんの含みもありそうにない。

「いいえ、まだ決まったわけではないのです。ポーレッタさんに今の気持ちをお伺《うかが》いしてから公爵閣下とのお話を検討しようと思い、ここに参りました」

私は彼女の顔を見ながら話を続ける。

「ポーレッタさんと会うと母に言ったら、昔の心の傷をほじくり返すような真似をするなと叱《しか》られました。母は、公爵閣下との婚約を解消せざるを得なかったばかりに平民と結婚するしかなくなり、あなたが閣下を恨んでいると思っているのです」

そこまで聞いて、ポーレッタさんはくくくと笑った。

「そうなのですね。まぁ、ほとんどの貴族はそう思っていらっしゃるみたいですね。ご覧のとおり、私は幸せに暮らしておりますわ」

私は彼女と膝を交え、ゆっくり話を進める。

ルビー姉様が言ったように、公爵閣下との婚約がなくなったお陰で愛する人と結婚できて感謝こそすれ恨むなんてことはないと、ポーレッタさんは明言した。

「王家からはたんまり慰謝料を頂きましたし、あのことはそれでチャラですわ。フェノバール公爵閣下にもお手紙で〝幸せに過ごしているのでお気遣いなく〟とお知らせしたのですが、あの方のことだから、私が強がりを言っているとお思いなのでしょう」

そう言って、ため息を吐《つ》く。

「元々婚約をしていた時も、私たちの間に恋愛感情は全くありませんでした。殿下とは必要最低限な関わりしかありませんでしたの。父は野心家なので王家と縁続きになりたかったようですが、私には子供の頃から好きな人がおりましたので、結婚が嫌で毎日、泣いておりました。ですから、エルザさんの出現は、ここだけの話、私にとっては嬉しいことだったのです。ただ、ご聡明な殿下や側近の方々が、何故《なぜ》あんな方に夢中になるのかだけが不思議でした。後で、魅了の魔法だと言われて、納得したものです」

エルザというのが、例の公爵閣下に魅了の魔法をかけた女性の名前らしい。

それにしても、そうだったのか。

「エルザ嬢はふしだらで嫌な感じの人だったわ。女子は総スカンしてたわね」

ルビー姉様が当時のことを思い出して苦笑いしている。

「リカルド殿下……今はフェノバール公爵閣下ですわね。あの方は、魅了の魔法にかかったとはいえ、あんな女に入れ上げて私や周りに酷《ひど》いことをしたと、今でも気に病《や》んでいらっしゃるようですね。自分は幸せになどなってはならないと結婚もせず、領地に引きこもっていると聞いております」

ポーレッタさんは困ったような顔をした。

「私はミディアならいいのではないかと思うわ。リカルド閣下のお尻をバシバシ叩《たた》いて叱咤激励《しったげきれい》するに違いないもの。閣下の今のお姿は少し情けないからね」

彼女を慰《なぐさ》めたかったのか、おどけた口調でルビー姉様が言う。

姉様は私をなんだと思っているのだ。

「ミディアローズ様、どうか公爵閣下と結婚して閣下を元気にしてあげてください。そうですわね、それでも閣下が私のことを気に病《や》んでいるのでしたら、我が商会でバンバン買い物をしてくださいと伝えてくださいませ」

ポーレッタさんはルビー姉様が言うとおりちゃっかりさんのようだ。

「ミディアローズ様、あなたもぜひお買い物に来てください。花嫁道具は我が商会でお買い上げいただけると嬉しいですわ」

帰り際にも、猛烈な営業をかけられた。

商魂逞《たくま》しいなぁ。

そこで私は、ルビー姉様と馬車に乗り帰路に就《つ》いた。

フェノバール公爵閣下は元婚約者から恨まれてはいないし、彼女は不幸になっていない。

……会うだけは会ってみようかな。

こうして私は公爵閣下と会う決意を固めたのだった。

◇　◇　◇　＊ポーレッタ

「ただいま。どうだった？」

「おかえりなさい。可愛い子だったわよ」

夫が仕事から帰ってきた。

彼は平民だが、大きな商会を統括している。私の実家の侯爵家が後ろ盾になっていることもあり、彼の商会はこの国で一、二を争う繁盛店だ。

私は侯爵令嬢だったが、婚約者だった王太子に婚約をダメにされ傷ものになった。そのお陰で、大好きだった人と結婚している。

夫とは昔から愛し合っていたものの、身分の違いからも、私を王太子の婚約者にしたいという父の思惑《おもわく》からも、付き合うことは許されず、泣く泣く別れさせられていたのだ。

結局、父の希望どおり王太子の婚約者になったはいいけれど、その王太子が学生生活の途中で魅了の魔法にかかり、私との婚約は解消となる。

実は王太子の魔法が解《と》けた後、復縁の話が挙がったが、深く傷付いていると嘘を吐《つ》いて断った。

確かにみんなの前でエルザ嬢にあることないこと言われたり、王太子に罵倒《ばとう》されて婚約破棄になったりしたことは腹立たしかったが、元々彼を愛していたわけではない。王太子妃教育にも疲れ果てていたので、当時は、怒りつつも安堵《あんど》するといった変な心境だったのだ。

「やっぱりリカルド殿下は今でも与えられた領地に引きこもっているみたいよ」

「そうなんだ。別に誰も不幸にしていないのにな」

「真面目な人だったから、自分が許せないんじゃないかしら？」

王太子は真面目な人だった。

彼が勉学にも剣術にも真摯《しんし》に取り組んでいたことを、私は知っている。

恋愛感情はないなりに、私にも誠実に対応してくれていた。

だが、魅了の魔法がそんな人を暴君に変えたのだ。

思えば、随分惨《むご》い話だ。

私は王家から過剰なほどの慰謝料を貰《もら》って好きな人と結婚できたので、特に損はしなかった。王太子にも、王家にも、恨みなんてまったくない。

けれど、魅了の魔法が解《と》けた後の王太子は、自分で自分が許せないまま過ごしているようだ。

「例のご令嬢はかなり若いんだろう？」

「ええ、まだ十五歳だと言っていたわ」

「かなり年が離れているな。年の合う令嬢はもういないのかな？」

夫がそう思うのは仕方ない。私と同じくらいの年の令嬢はみんな結婚しているし、何よりあの時の王太子の振る舞いを直接見ている人が多かった。

魅了の魔法にかかっている時の彼と彼の側近たちの態度は、本当に酷《ひど》かったのだ。あれを知っているなら、彼らと結婚したいなどとは思わないだろう。

しかも、リカルド殿下は臣籍降下した。

貴族たちから見たら、もう終わった人なのだ。

側近たちも当時の婚約者と復縁していない。

約束されていた明るい未来が閉ざされ、婚約者やその親族たちに拒絶されたのだろう。

あの事件の関係者で幸せになっているのは私だけかもしれない。

「きっとあの令嬢は国王陛下と王妃殿下のおメガネに適ったんじゃないかしら。彼女なら殿下を日の当たる場所に引っ張り出せるかもしれないわ。……そうそう、嫁入り道具は我が商会で買って、とお願いしておいたのよ」

「君は商売上手だね」

夫は微笑《ほほえ》みながら私の頬に口づけた。

今日、子供たちは実家の領地に遊びに行っていて、久しぶりに夫と二人きりだ。

ふふふ、また子供が増えちゃうかも？

私は本当に幸せだ。

あんな目に遭《あ》ったけど、殿下には感謝している。

もう処刑されちゃったエルザ嬢にも、ちょっとは感謝していた。

だから、そろそろ殿下にも幸せになってほしい。

——ミディアローズ様、リカルド殿下をよろしくお願いします。

あわよくば、ウエディングドレスをうちの商会で作ってくれたら嬉しいんだけどなぁ～。

◇　◇　◇　＊リカルド

私はミディアローズ嬢と婚約した。

婚約は二度目だ。以前も、侯爵令嬢と婚約していた。彼女とは政略的な婚約だ。

国王になった時に強い後ろ盾となる外戚が欲しくて、力のある侯爵家の令嬢が選ばれただけ。お互いに愛はなかった。

上手に隠してはいたが、彼女には好きな男がいたようだ。その者とは身分が違ったらしいので、引き離されたのだろう。

私のほうは特に好きな女などいなかったので、彼女との婚約が嫌だったことはない。

そもそも、公務や勉学、剣の訓練が忙しく、恋にうつつをぬかしている暇はなかった。

もちろん婚約者として、彼女に対する最低限の義務は果たしていたつもりだ。将来、彼女と結婚して国王と王妃となり、共に国をよくしていこうと考えていた。

そんなふうに思いながら過ごし、十六歳になる。

私は王立学校に進学した。

入ってすぐに役員となった生徒会の仕事もあり、学校での生活は本当に忙しかったのは覚えている。そのせいで私は疲れていたのかもしれない。

三年生の始め、男爵令嬢のエルザが転入してきた。

彼女はロサルタン男爵の庶子で、それまで市井《しせい》で平民として生きていたという。母親が亡くなり、父親の男爵に引き取られたのだそうだ。

マナーも何もなっていない不快な女だった。

それなのに、エルザは執拗《しつよう》に私に近づいてくる。正直、気持ちが悪かった。

ところが、気がつくと私はエルザに夢中になっていたのだ。私だけでなく、側近たちまで彼女に夢中だ。

エルザは私の婚約者であるポーレッタ嬢に嫌がらせをされていると泣きついてくる。側近たちの婚約者からも、同様のいじめを受けていると訴えた。

真偽を確かめるためにポーレッタ嬢に問いただしても、シラをきるだけだ。

私は何故《なぜ》かそう考え、激怒した。

……愛するエルザを守りたい。ポーレッタ嬢を断罪し婚約を破棄して、エルザと結婚したい。

側近たちも婚約者と別れ、一生エルザの傍《そば》にいると誓っていた。

父母である国王と王妃が外遊で留守をしている間に行われた卒業パーティーで、私は己の理解不能な欲望を実行に移す。

エルザを害したという理由でポーレッタ嬢を断罪し、婚約の破棄を言い渡したのだ。

何故《なぜ》、気がつかなかったのだろう。

やはり、多忙すぎて疲れていたのだ。疲れすぎて、真実を見抜けなかった。

いや、言い訳だな。私が未熟だっただけだ。

エルザに関する私の感情は、彼女の魔法によって植え付けられたまやかしだった。

すぐに国に戻ってきた国王と王妃は、王宮にいるエルザを見て驚く。事《こと》のあらましを説明すると、
二人はため息を吐《つ》いた。

エルザは何を思ったか、「国王さま〜、エルザですぅ〜」と国王の手を掴《つか》む。

直後、国王は地を這《は》うような低い声で言った。

「この者を捕らえよ。地下牢に入れておけ」

――何故《なぜ》だ？　彼女は確かに人との距離が近い。でも悪意はないのだ。父と仲良くなりたいだけだろう。

愚かな私はその時、そう信じていた。

「全員、魔力無効化リングを身につけろ。そしてすぐに宮廷医師団長と魔導士団長を呼べ」

父である国王が言う。

無効化リング？　医師団長？　宮廷魔導士団長？

私は何が起こったのか分からなかった。

エルザは連れていかれ、すぐに医師団長と魔導士団長が現れる。

「こいつは魅了の魔法にかかっている。なんとかなるか？」

父が二人に告げた。

魅了の魔法？　まさか私は魔法でエルザを好きになっていたのか？　まさか、まさか、そんなわけがない。

「殿下、失礼します」

魔導士団長が私の頭の上に手を置き、呪文を唱えはじめる。

そして私は、意識を手放した。


気がつくと、私は自室のベッドの上だった。

身体が辛《つら》い。

酷《ひど》い頭痛に眩暈《めまい》、吐き気もある。

医師と魔導士団長の話では、私は魅了の魔法にかなり強くかかっていたらしく、一年間も意識が戻らなかったそうだ。

ようやく目覚めたものの、これで元どおりとはならず、後遺症が酷《ひど》い。完治するまで暫《しばら》くかかると言われる。

共にいた側近たちも同じように魅了の魔法にかけられていたと聞かされた。彼らも私ほどではないが、後遺症に苦しんでいるという。

私は自分がしたことをゆっくりと思い出し、絶望した。

あの半年程の間に、取り返しのつかないことをしている。特に婚約者には、いくら謝っても許してはもらえないだろう。

後遺症はそんな愚かな私に対する罰のような気がした。

いや、これくらいの罰で許されるはずがないが……

私は婚約者に手紙を書いた。

魅了の魔法にかかっていたとはいえ、酷《ひど》いことをしてしまった。できる限り力になるので幸せになってほしい、と。

そして、彼女と彼女の家に私の私財を渡してくれと、父に頼む。

加えて、毒杯を望んだ。

だが――

「毒杯はダメだ。お前にはやらなければならないことがある」

死なせてもらえない。

廃嫡《はいちゃく》もなかなか認めてもらえなかった。

そんな暗い気持ちのせいか、身体の回復が遅い。三年が過ぎても一人で動けなかった。

とうとう父は諦《あきら》め、廃嫡《はいちゃく》のみが許される。

私は臣籍降下し、領地持ちの公爵になった。

どうせ貰《もら》うなら経営が上手《うま》くいっていない土地がいいと、災害で打撃を受けたまま放置されている領地を選ぶ。

ようやく身体が回復した今は、その領地の民が幸せになるように粉骨砕身《ふんこつさいしん》して働いている。

婚約者はあの後、平民と結婚したようだ。私のせいで貴族には嫁《とつ》げなかったのだろう。

手紙には、「私は幸せなのでお気遣いなく。殿下も幸せになってください。私は殿下を許しています」と書いてくれたが、私を安心させる嘘に違いない。

彼女は優しい人だ。

そんな素晴らしい女性を傷付けた私は、幸せになどなってはいけない。

かつては、国王になり、民を幸せしたいと思っていた。

もう私にはそんな資格はない。それでもせめて、領地の民を幸せにしたい。

私ができることはなんでもしよう。

それが私の贖罪《しょくざい》だ。

都合の良いことに、いまだに後遺症が残っている。

医者や魔導士は症状を薬で抑えられるというが、薬など必要ない。痛みに苦しむことで、私は罪を償《つぐな》っているという自己満足に陥《おちい》った。

自分を悲劇の主人公にして罪から逃げているのは分かっている。

今でも、毒杯を飲んで死にたいと時々思う。

だが、領地や領民たちを見捨てることはできない。

豊かな領地にすることだけが、いつしか私の生き甲斐《がい》になった。

そんな私を結婚させようと、時々、父母が令嬢を領地に連れてくる。

こんな私でもまだ結婚相手としての旨《うま》みがあるのか、令嬢たちは着飾り、濃い化粧をし、香水の匂いをプンプンさせていた。後ろに控える親も、野心に光る目を私と父に向ける。

結婚はしない。

何度もそう言っているのに、父母は理解してくれないのだ。

ひょっとするとこれも罰なのか？　結婚して苦しめということか？

しかし、それでは私だけでなく、相手も苦しむことになる。

相手は公爵夫人という名前が欲しいのだろうが、今の私に金はない。それでも結婚を望むのだから、父が援助するとでも言っているのかもしれないな。

なんの利益もないのに私のような終わった男と結婚したい女性、家門があるわけがない。

そろそろ断るのが面倒になってきた。

私はもう誰とも会いたくない。

ミディアローズ嬢が我が屋敷に訪れる日。私は自室に籠城《ろうじょう》を決め込んだ。

私が出てこなければ諦《あきら》めて帰るだろう。

そう思っていたのだが……

ミディアローズ嬢は自ら私の部屋に乗り込んできた。そして私を罵倒《ばとう》する。

私は驚きで固まってしまった。

ランドセン侯爵が平身低頭で娘の言動を謝る。

彼には何度も領地の土地改良や水路、河川《かせん》工事の相談をし、力を貸してもらっていた。私にとって、師匠のような人だ。

そんな人にこんなに頭を下げられて、恐縮する。

ランドセン侯爵の娘ならば結婚してもいいかもしれない。

しかも彼女は、他の令嬢たちとは雰囲気が違う。一緒に領地のために動いてくれそうな気がするのだ。

結婚か……

私の頭に、初めてその二文字が浮かんだ。

「分かりました。結婚すればいいのですね」

そんな言葉が口から出る。

「リカルド、お飾りの妻ではダメよ。きちんと話をして、お互いに尊重できる夫婦になってちょうだい」

母である王妃が私の腕を掴《つか》み、真剣な顔で言う。母が私の幸せを心から望んでくれているのを私は知っている。

「はい。仰《おお》せのままに」

そう返事をすると、ミディアローズ嬢は怒り出した。

「申し訳ございませんが、私は辞退いたします。そんな『仰《おお》せのままに』などとおっしゃる方と添《そ》い遂《と》げられるとは思いません。失礼します」

「仰《おお》せのままに」が悪かったのか。

それにしても面白いくらいよく怒る。

そして、怒っても全く怖くない。

追いかけようとして、ランドセン侯爵に止められた。

「少し時間を置くほうがいいと思います。娘がああなっている時は面倒です。閣下があれと結婚してもいいと思ってくださるのなら、また日を改めて話をいたしましょう」

私はミディアローズ嬢と会う前に、侯爵と話す席を設けてもらうことにする。

「ランドセン侯爵は令嬢が私などに嫁《とつ》ぐことに反対ではないのですか？　今の私には何もない。公爵とは名ばかりの貧乏領主です」

侯爵は私の手を握った。

「閣下、よろしくお願いします。あんな跳《は》ねっ返《かえ》りを貰《もら》ってくれる方などおりません。あれを娶《めと》ってくださるのなら、我がランドセン侯爵家は家門が持つ知識の全てを閣下と閣下の領地に捧《ささ》げます」

「ありがとう。でも侯爵、少し大袈裟《おおげさ》ではないですか？」

そこで侯爵は頭を大きく左右に振る。

「実はこの結婚にあたり、国王陛下より、以前うちが持っていた北側の領地を返すとの言葉を頂きました。あそこには通行税のとれる道や魔法石の採れる山があり、我が領地を潤《うるお》せます。しかし、私は辞退しようと思っているのです。ミディアローズを貰《もら》っていただく上にあの領地まで頂くなんて罰《ばち》が当たります」

父は今回、そんな条件を出していたのか。

ランドセン侯爵は本当に正直だな。黙っていれば分からないのに。

「いえ、それはお受け取りください。あの領地は元々ランドセン侯爵家のものです。先の国王が難癖をつけ取り上げた土地。それが元に戻るのは正しいこと。父もあれを返したいと常々言っていました。この結婚とは別のものです。たとえ破談になっても、それはそのままお納めください」

「破談など困ります。何卒《なにとぞ》、ミディアローズをお願いします」

侯爵の必死さが、少し面白い。

ミディアローズという令嬢は、どれだけ型破りなのだろうか。

結婚なんかしない、一生独《ひと》りで領地のために生きる。そう誓ったくせに、私はミディアローズ嬢にまた会いたくなっていた。


それから少しして、私はランドセン侯爵家を訪れた。

ミディアローズ嬢と話をするためだ。

屋敷に到着すると、ランドセン侯爵が自ら出迎えてくれる。

彼の後ろからすぐに、ミディアローズ嬢が現れた。

「ようこそおいでくださいました」

彼女はシンプルなドレスに身を包んでいる。アクセサリーもシンプルなものだけだ。化粧も薄く、香水の匂いもしない。

高位貴族の令嬢らしい綺麗なカーテシーでの挨拶《あいさつ》。

こうして見ると、さすがに侯爵令嬢だ。美しく気品が溢《あふ》れている。

私などではなく、高い家格の子息と結婚したほうがいいのではないか、とつい考えてしまう。

私を客間に通すと、侯爵はミディアローズ嬢に「くれぐれも失礼のないようにな」と言って、部屋を出ていった。

部屋には私とミディアローズ嬢の二人だ。正確には私の従者とミディアローズ嬢の侍女もいるが。

「先日は失礼いたしました。てっきり破談になると思っておりましたのに、私と結婚する気があるのですか？」

ミディアローズ嬢はいきなりジャブを打ってきた。

見た目と中身がやっぱり違う。

だがすぐに、いらぬことを言ってしまったと気づいたようで手を口に当てる。

本当に面白い。

「いや、失礼したのは私のほうだ。今までも何人か令嬢を紹介されたのだが、どの方もあんなことがあった私に擦《す》り寄《よ》ってくるので気持ち悪くなってしまってね。王家と縁続きになるために、こんな私とでも結婚したいのか、と……そのせいで、きっと君もそうだと思い込み、あんな態度をとってしまった。本当に申し訳なかった」

私はあの日のことを素直に謝った。

「それは閣下の考えすぎで、本当に閣下と結婚したい令嬢もいたかもしれませんよ」

いないだろう。もし、いたとしてもあのタイプの女性とは結婚したくない。

「いないよ。私はもう終わった人なんだ。それに私と結婚しても、私には妻の家門に援助したり、特別扱いしたりする力はない。それらのことを望むなら、私ではなく王太子や栄えている貴族と結婚したほうが得だよ。私の領地はまだまだこれからで、それほど利益がたくさん出ているわけじゃないからね」

今の私にはなんの値打ちもない。

ミディアローズにはつい本心が出てしまう。

すると、ミディアローズ嬢がふっと笑った。

「見直しましたわ。ちゃんと領地経営をしていらっしゃるのですね。私はてっきり、領地のことは誰かに丸投げしているお飾り領主で、外聞が悪いので分家したものの王家の脛《すね》をかじっているのだと思っておりました」

辛辣《しんらつ》だな。

でもきっと、この国の人間のほとんどがそう思っているのだろう。私はお飾り領主だと。

私が「手厳しいな」と言うと、「こんな失礼な人間なので、先日の話は破談にしていただいて結構ですよ」とミディアローズ嬢は返す。

「いや、破談にはしない。我が領地にはランドセン侯爵家の力が必要なんだ。侯爵から学びたいことがたくさんある」

私の言葉に、彼女は目を丸くした。

何かおかしなことを言っただろうか？

ミディアローズ嬢は信用できる。

周りの者は皆、私を腫《は》れ物《もの》に触るように扱う。腹の中では愚かな元王太子と蔑《さげす》んでいるくせに。

ところが彼女は、貴族なのに口に出すことと腹の中で思っていることが同じ。辛辣《しんらつ》でも素直な言葉をどんどん発する。

今まで誰にもあんなふうなきつい言葉をかけられたことはなかった。

だから、結婚するなら、ミディアローズ嬢がいい。

何故《なぜ》か分からないが、幸せになれる気がする。

しかし、私が幸せになってもいいのだろうか……

いや、やっぱり幸せになど、なってはいけない。

ぐらぐらと落ち着かない私の心を見透《みす》かしているのだろうか？　ミディアローズ嬢が私の目を真っ直ぐに見た。

「済んだことをいつまでもぐだぐだ後悔するのは、やめてください。閣下が魅了の魔法にかかったことで不幸になったのは、閣下自身だけですよね。確かに婚約者のプライドは傷付けてしまいましたが、閣下との婚約を解消したことで彼女は好いた人と結婚できたそうですし、結果オーライです。閣下もいい加減に前を向いてください。魅了の魔法にかかったことを笑い話にするくらいになってください。そうする努力をしてくれるなら、結婚してもいいです」

その力強い言葉で、私の心は決まった。

ミディアローズ嬢についていこう。

彼女は私をこの底なし沼から引っ張り上げてくれる。私に進むべき道を指し示してくれ、手を引き、時には背中を押してくれる。いや、尻を蹴飛《けと》ばしてくれそうだ。

今まで私を引っ張ってくれる者など一人もいなかった。

私が皆を引っ張っていかねばならないと、ずっと考えていたのだ。

「努力する。約束しよう」

私はミディアローズ嬢にそう告げた。

十二歳も年下のこの令嬢が私を変えてくれる。私の本質を引き出してくれる。

今まで感じたことのない安堵感《あんどかん》を覚える。

私は幸せになってもいいのだな。

あれから初めて、そう思えた。

第三章

私と公爵閣下の婚約が正式に決まった。

結婚式は三ヶ月後だと父に告げられる。

ちょっと待ってよ。

最初に婚約が決まったと言われた時は、淑女学校を卒業したら式を挙げる予定だったじゃない？

三ヶ月後なんてまだ学校を卒業していない。

「お父様、三ヶ月後って、私はまだ卒業していませんわ」

私は父を睨《にら》みつけた。

父は気まずそうな顔で視線を逸《そ》らす。

「一日も早くと陛下に頼まれてなぁ。断れなかったのだ」

「では、私は淑女学校中退ですか？」

中退なんて嫌だ。

自分でもびっくりするくらい怖い声が出る。

「いや、大丈夫だ。お前は成績だけは優秀だから、早めに卒業できるらしい」

成績だけはって、何よ。他はダメみたいじゃない。

「それも王家の圧力ですか？」

「いや、私は何も知らん。とにかく三ヶ月後だからな。あ〜忙しい。忙しい」

父は逃げるように消えた。


「――ミディア、ウエディングドレスのことなんだけど、日にちがあまりないので王家で用意しようかと言ってくださっているの。それでいいかしら？」

あれから母は毎日、楽しそうにしている。

娘の結婚が決まり、はしゃいでいるようだ。

そりゃそうか。私は周りから結婚は無理だと言われていたのだから。

素の私を知る人たちからは、私のような跳《は》ねっ返《かえ》りを娶《めと》ってくれる奇特な男などいない、お金に困っている没落しかけの貴族子息なら借金を肩代わりして家を立て直すくらいの持参金をつければなんとか貰《もら》ってくれるかもしれない、などと酷《ひど》い言われ方をしていた。

まぁ、公爵閣下だって似たようなもんだ。

できるなら結婚なんかせずに文官か騎士になりたかったなぁ。

あっ、思い出した。ポーレッタさんに頼まれていたことがあったんだ。

「お母様。デザインなどは王家にお任せでもいいですが、私の花嫁支度は全てエリスバン商会に頼んでくださいませ」

「エリスバン商会？　うちとは取引してないけど？」

「それでも今回はエリスバン商会にお願いしてくださいませ。公爵閣下に婚約解消されたポーレッタさんの嫁《とつ》ぎ先《さき》なのです。先日お会いした時に『花嫁道具は我が商会でお買い上げいただけると嬉しいですわ』とおっしゃっていました」

私がそう言うと、母はそれまでヘラヘラしていた顔から真顔になった。

「じゃあ、今回はエリスバン商会に頼みましょう。妃殿下にもお伝えするわ。あの方はエリスバン商会に嫁《とつ》いでいたのね。平民に嫁《とつ》いでご苦労されているでしょうけど、エリスバン商会ならお金の心配はなくて、良かったわ。私たちであの方の株を上げてあげなければなりませんね。お友達にも購入するように言うわ」

母は社交界でそれなりに力を持っていて、顔が広い。そのお陰で私がやりすぎても許されてきた、という一面もあった。

たくさんの貴族がエリスバン商会で買い物をしてくれたら、ポーレッタさんは喜んでくれるだろう。

正直なところ、私は花嫁道具もウエディングドレスもなんでもいい。全く興味がないのだ。

それより、フェノバール領のことが気になる。

あれから何度か公爵閣下と面会し、領地の状況を聞いた。

何年か前の干ばつで作物が全滅し、やっと雨が降ったら今度は豪雨で川が氾濫《はんらん》したのだそうだ。

公爵閣下が領主になってから、父が河川《かせん》工事や農地整備についてアドバイスし、今は少しずつ利益が出てきているらしい。

そういえば、うちの領地もお祖父《じい》様の代に河川《かせん》が氾濫《はんらん》し大変だったそうだ。父が他国に留学して工事について学び対処した、と聞いたことがある。

今は母の尻に敷かれて頼りなく見える父だが、やる時はやるのかもしれないな。

私は父を見直した。

私も公爵閣下のお尻を叩《たた》いて、フェノバール領を豊かにしないといけない。

それにしても、公爵閣下の周りにはあまりにも人が少ない。

家令のセバスチャン、メイド頭のハンナ、従者のマイク、あとはコックとメイドくらいだ。特に護衛騎士がいないのには驚いた。

まぁ、王族だし、影はついているのだろうが。

とはいえ、もう少し動ける人や頭の使える人を増やさないといけない。そう、公爵閣下に進言しよう。

あぁ、結婚まで三ヶ月しかないのか。フェノバール領についてもっと深く勉強しておかなければ。花嫁修業?

これでも私は侯爵令嬢。淑女学校でも優秀な成績だし、普段は猫を被れている程度にはマナーを身につけているので大丈夫。

私は嫁《とつ》ぐというより、働きに行くような気分だった。


そうして、三ヶ月なんてあっという間に経ってしまった。

今日はもう結婚式。

もちろんこんな短期間に公爵閣下への愛が芽生えるわけもなく、私はすっかりフェノバール公爵家に就職し、公爵夫人という役職に就《つ》く気持ちだ。しかも住み込み。

閣下はさしずめ雇い主だな。

ウエディングドレスも花嫁道具もエリスバン商会にお願いした。

ドレスについては「三ヶ月しか製作期間がないけど大丈夫ですか？」と心配したが、ポーレッタさんは「お任せください。エリスバン商会の名にかけて素晴らしいものをお作りいたします」と請《う》け負《お》ってくれた。

それが今、私が着ているこれだ。

デザインは母と王妃殿下、ポーレッタさんがデザイナーさんと一緒にあーでもないこーでもないと話し合って決めたらしい。

まだ子供の私が着るのだし、きっとレースやフリルが使われた可愛いドレスができると思っていたのに、渡されたのはマーメイドラインのものだ。

白いシルクタフタの生地の上に薄いブロンドの羽根のような布が重なっている。その上に載せられたレースには薔薇《ばら》の刺繍《ししゅう》がされており、さらにエメラルドが鏤《ちりば》められていた。

ブロンドは公爵閣下の髪色、エメラルドは瞳の色。そして薔薇《ばら》の刺繍《ししゅう》は私の名前、ミディアローズのローズからきているらしい。

凝《こ》りに凝《こ》ったこんなドレス、よく三ヶ月で作ったなぁ。エリスバン商会凄《すご》いわ。

祭壇の前で私の隣に立つフェノバール公爵閣下は、私の髪色の黒のモーニングコートに私の瞳の色の紫のジレを合わせていた。

背が高く肩幅が広いので、よく似合っている。

彼の容姿は私もかっこいいいと思う。

本当なら次期国王になっていた人だ。魅了の魔法にかからなければ私なんかと結婚することもなく、フェノバール領の運営に携《たずさ》わることもなかったのだろうな。

まぁでも、運命の輪は回ってしまったのだから仕方がない。

不意に、公爵が私に微笑《ほほえ》みかけた。

「ミディアローズ嬢、そのドレス、よく似合っている。綺麗だ」

「ありがとうございます。公爵閣下も素敵ですよ」

綺麗と言われれば嬉しいものだ。

「ミディアローズ嬢、その……そろそろ公爵閣下はやめてもらえないだろうか。できればリカルドと呼んでほしい」

そっか、結婚するんだものね。

「では、私のことはミディアと」

「分かった。ミディア、これから私とフェノバール領をよろしく頼む」

「はい。リカルド様も私をよろしくお願いします。私が何かやらかした時は、一緒に謝りに行ってくださいましね」

「承知した」

公爵閣下……もとい、リカルド様ははにかんだような笑みを浮かべる。

可愛いな。

十二歳も年上の男性を可愛いと感じてしまった。

そんなふうに領地の教会での結婚式は滞《とどこお》りなく行われ、とりあえず私たちは永遠の愛を神に誓ったのだ。

誓いのキスは一瞬だけチュッと唇にリカルド様の唇が当たるもの。

それなのに彼は真っ赤な顔をしている。

二十七歳の男が唇にチュッとしたくらいで赤くなるのか？　乙女か？

私はちょっと呆《あき》れてしまった。

それはともかく、今日から私はフェノバール公爵夫人になる。

まだ十五歳。デビュタントも済んでないのに公爵夫人だよ。

まぁ、名前だけだけどね。

暫《しばら》く社交界に出るつもりはないし、領地のために色々頑張ろう。


結婚式が終わってみんなを見送った後、私たちは屋敷に戻ってきた。

さっそく楽ちんなワンピースドレスに着替える。

結婚式では綺麗だったのよ、私。ウエディングドレスを着てお化粧をし髪を結い上げた姿は、まさにザ・侯爵令嬢。

あっ、結婚したからザ・公爵夫人か。

それがこれだもの。

式に参加していた人が今の姿を見たら、別人と思うかもしれない。

「奥様！　結婚したのですから、少しは奥様らしくしてくださいませ！」

ランドセン侯爵家からついてきてくれた侍女のメアリーに怒られる。

彼女はランドセン侯爵家の家令とメイド頭夫婦の娘だ。

子爵家に嫁《とつ》いでいたのだが、子供に恵まれず離縁されてランドセン侯爵家に戻ってきたので、私付きの侍女兼教育係になった。

私が暴れん坊になったのは、決してメアリーが悪いわけではない。一緒にメアリーから学んでいた弟は賢い良い子になっているからだ。

要するに、私の性格は持って生まれたものらしい。

「奥様って、なんか変じゃない？　今までどおりミディアでいいわ」

とりあえず、彼女に呼び方の相談をしておく。

奥様なんて呼ばれたら背中が痒《かゆ》い。

私は他の使用人たちにもミディアと呼んでもらうことにした。

そうこうしているうちに夕飯の用意ができたとの知らせが来る。

私は急いでダイニングルームに向かった。

「ミディア、着替えたのか」

先に席についていたリカルド様はなんだか残念そうだ。

「あのドレスのほうが良かったですか？」

私は意地悪く言う。

「あれはあれだな。ずっとあれでは大変だろう」

何を言っているのか、よく分からない。

彼の言葉を無視して、食事をしながら明日の予定を相談する。

「リカルド様、明日から領地について詳しく教えてほしいのです。特に、父のアドバイスで工事したという河川《かせん》が見たいです。予定が大丈夫なら馬で回りませんか？」

「馬車ではなく、馬でか？」

「はい。馬車では時間がかかるし、大袈裟《おおげさ》すぎるでしょう？　馬でチャチャっと走って、たくさん回りたいのです」

私はできるだけ多くの場所を短期間で見たい。

「ミディアは馬に乗れるのか？」

「もちろんです。これでも騎士を目指していたこともあるんですよ、馬は得意です。そうだ、リカルド様は朝の鍛錬《たんれん》はされますか？　もし、なさるなら私も一緒にしたいです」

「鍛錬《たんれん》？」

そう言ってリカルド様が固まる。馬に乗ったり鍛錬《たんれん》したりする女を見たことがないのかもしれないな。

「私は毎朝、剣の稽古として走ったり体操したりしています。リカルド様がされてないなら一人でやりますね」

「いや、やってる！　私もやってるから一緒にやろう」

やっぱり！　リカルド様は身体を鍛《きた》えている感じだもん。早速、手合わせしてもらおう。

私はわくわくしてきた。

「ミディア様！　お嫁入りしたばかりの夫人が、そんなことをおっしゃるもんじゃありません！」

メアリーが目を三角にして怒る。

角《つの》が生えてくるんじゃない？

「旦那様、セバス様、ハンナ様、こんなミディア様で申し訳ありません。このメアリー、命に代えても、ミディア様がまっとうな夫人になるように頑張る所存でございます」

「メアリー、命になど代えなくてもいい、死んでしまうぞ。ミディアはこのままでいいのだ。それにしても、明日から一緒に領地を見て回れるのは楽しみだな」

リカルド様はケラケラ笑っている。

「リカルド様の笑っている姿を見たのは何年振りでしょう？　ミディア様、ありがとうございます」

思いがけず、セバスチャンにお礼を言われた。

リカルド様はそんなに長い間、笑ってなかったのか？

罪の意識に苛《さいな》まれて笑わないようにしていたのかもしれない。何も悪くないのに苦しんで、おまけに後遺症に苦しんでもいる。

やっぱり魅了の魔法なんて使っちゃダメだ。

魔法じゃなくて、自分の力で魅了すれば問題なかったのに。

「どうしたの。難しい顔をしてるよ。そろそろ休もうか。今日は疲れただろう」

色々考えすぎて変な表情になっていたようだ。リカルド様に心配される。

「はい。疲れました。湯浴みをしてゴロゴロしたいです」

あっ、ゴロゴロしたいなんて言っちゃった。

思わずメアリーを見ると、やっぱり目が三角になっている。

「ゆっくり湯浴みしておいで。待ってるから」

待ってる？　待ってる？　待ってる!!

まさか！　まさか！　まさか！

初夜？

いゃ～、ないでしょう？

ない、ない。

私は挙動不審になりながらメアリーを伴《ともな》って自室に戻ったのだった。

湯浴みをして、それほど可愛くない夜着を着せられる。

「初夜ですから、いかにも初夜らしい夜着にしようと思ったんですが、ミディア様が着た姿を想像したらぷっと笑ってしまったので、普通のものにしました」

メアリー〜、笑うって何よ！　私だって一応女なんだからね。

私はぷう〜っと頬を膨らませた。

「では、ミディア様、私は下がりますね。くれぐれも旦那様にご迷惑をお掛けしないでください」

メアリーが下がり、広い部屋に独《ひと》りぼっちになる。

エリスバン商会にお任せした新しい私の部屋の家具は、シンプルですっきりしていた。そしてちょっとだけ可愛い。

ゴテゴテしていなければそれでいいとポーレッタさんに丸投げしたのだが、こんなに素敵な部屋にしてくれるとは驚きだ。

この部屋とリカルド様の部屋の間には夫婦の寝室がある。どちらの部屋からも出入りできるよう、夫婦の寝室にはそれぞれの部屋に続く扉があった。

一応、私の部屋にもベッドはあるのだが、今日はどこで寝るのだろう？

夫婦の寝室にはバカでかいベッドがある。エリスバン商会が結婚祝いに贈ってくれたもので、大人四人がゆっくり眠れるくらいの大きさだ。

——コンコン。

不意に寝室側のドアがノックされた。

「ミディア、起きてる？」

「は、はい」

扉が開き、リカルド様が顔を出す。

「入ってもいいかな」

「はい」

彼は本や冊子のようなものを持っていた。

「これ、領地の資料なんだ。こっちは地図。地図には色々書き込みしちゃったんで、ちょっと見にくくてごめん」

「いえ、すごく分かりやすいです。ありがとうございます」

リカルド様から地図を受け取る。

ほんとにこの地図は見やすい。領地のどこでどんなものを作っているかが一目で分かる。

やっぱりリカルド様は熱心に領地改革に取り組んでいるんだな。

「まだ、あんまり利益が出てないんだ。作物がもっとよく育つように土地を改良したり、何か特産物を作ったりしたいんだけど。それに、農地を持っていない民が働ける場所を作りたい」

夢を語るリカルド様はキラキラして見える。さすが元王子様だ。

「ごめん、一人で喋《しゃべ》りすぎたね。明日も早いしもう寝よう」

「はい」

「あの……その……」

そこでリカルド様は口ごもった。

やはり初夜の件か？

「ミディアに謝らなければならないことがあるんだ。本当なら結婚する前に言わなきゃならなかったのだけど……」

なんだろう？

リカルド様の顔色が悪い。

「初夜はできない」

あ〜、なるほど、そういうことか。

「私が子供だからですか？　それとも私が女として閨事《ねやごと》をするには値しないと？」

あ〜、また意地悪な言い方をしてしまった。

「そうじゃない。ミディアは何も悪くない。悪いのは私なんだ」

リカルド様がまた悲劇の主人公モードに入っていく。

「どういうことですか？　話を聞きますよ」

私はあえてなんの感情もこもっていない口調で話した。

「実はできないんだ。後遺症のせいか精神的な問題か分からないが、できない。私は男として役立たずなんだよ」

「医師や魔導士はなんと？」

「時間が解決すると言っている。だが、いつかは分からない」

時間が解決するか……

「では、それまでは白い結婚でいいですよ。まだ若いですし、領地もこんな状態なので、慌てて子作りしなくてもいいと思います。できるようになる頃には、私も大人のいい女になってるでしょうしね」

「すまない」

「も〜、リカルド様。そこは笑うところですよ」

やっぱり重いわ。

「後遺症はまだあるのですか？」

気になっていたことでもあるので、この際に聞いてみる。

「いや、他はたいしたことはない」

「正直に言ってください。夫婦に隠し事はなしです」

私はリカルド様の頬を両手で挟み、その目をしっかり見つめた。

お〜、無駄に美形なんでクラクラするわ。

「ミディアには敵《かな》わないな。後遺症は時々出るんだ。ずっとというわけではないから、そんなに心配はいらないよ。酷《ひど》い頭痛がしたり身体に倦怠感《けんたいかん》があったりするだけ。それと、めまいや耳鳴り。不眠。あとはメンタル的なことかな。急に不安になったり、理由もなくどんよりと重い気持ちになる。でもこれはミディアと出会ってからかなり良くなっているんだ」

「そんなしんどい状態でたいしたことはないとか、心配いらないとか、よく言いますね」

私はなんとも言えない苛立《いらだ》ちを感じる。

「今まで独《ひと》りで我慢していたんですか？」

「薬があるし、それを飲んで横になっていたら楽になるから……」

そう言って、リカルド様が目を伏せた。

「いいですか！　これからちょっとでも症状が出たら私に言ってくださいね。独《ひと》りで我慢しないでください。なんの力にもなれませんが傍《そば》にいますから」

「ありがとう。なんだか力が湧いてきたよ」

ちょっとは浮上してきたかな。

「さぁ、明日は領地を回るし、もう寝ましょう。せっかくだから、あのでっかいベッドで一緒に寝ましょう！」

「一緒に？」

「そうですよ。夫婦ですからね。あれだけ大きいと、私の寝相が悪くても大丈夫ですよね？　さぁさぁ、行きましょう！」

私は戸惑《とまど》っているリカルド様を追い立てた。

「いいのか？　一緒でも」

「もちろん！　眠れないのなら子守唄を歌ってあげますよ。これでも歌は上手なんです」

まだモソモソ後ずさりしようとしているリカルド様の手を引いて、でっかいベッドに向かう。

二人でベッドに寝っ転がった。

「ほらほら、目を閉じて。歌いますよ」

「どちらが年上か分からないな……」

そんなふうに、初夜は不思議な夜になった。

夫婦の寝室にあるでっかいベッドで、今日夫婦になったばかりの私とリカルド様が寝る。もちろん閨事《ねやごと》はない。

リカルド様は暫《しばら》く緊張していたようだったが、子守唄を歌ってあげているうちに眠ってしまった。

さぁ、私も寝よう。

「――う～、私が悪かった。私のせいだ。すまない。すまない……」

何？　寝言？

夜中。突然の音に目を覚ます。

隣を見ると、リカルド様がうなされていた。

「リカルド様！　リカルド様！　大丈夫ですよ。リカルド様は悪くありません。リカルド様のせいじゃありません。リカルド様には私がついてます。安心してください」

そう言いながら、私は彼の髪を撫《な》でる。やがてリカルド様は安心したような顔になり、スースーと寝息を立てはじめた。

魅了の魔法の後遺症は身体だけじゃなく、心にも出るんだな。これじゃあ生き地獄だ。

私は聖人君子じゃないし、母性もないけど、この人はほっとけない。

きっと、小さい時から次期国王になるために自我を抑え込んで生きてきたのだろう。色んな枷《かせ》でがんじがらめなんだ。

その上に魅了の魔法なんかをかけられたせいで、罪の意識に苛《さいな》まれている。

もう、私がおかんになってやるしかない！　おかんになって、一緒にその苦しみを背負ってあげるわ。

そして、枷《かせ》をとっぱらってあげる。

本当の素のリカルド様を引っ張り出すから、覚悟しなさいよ！

私はくくくと笑いながら布団の中に潜《もぐ》り込《こ》んだ。


翌朝。

目が覚めると隣にめちゃくちゃ美形な顔があり、私は一瞬固まった。

ん？　ここはどこ？　この美形は誰？

ぼーっと見ているうちに、だんだん頭が働くようになる。

私は昨日、結婚したんだった！

隣でスヤスヤ眠っているこの美形は自分の夫だ。

まぁ、夫といっても実感は全くない。

昨夜はあれからぐっすり眠れたようだ。良かった。

「リカルド様、起きてください。朝の鍛錬《たんれん》を一緒にしましょう」

私は隣で寝ているリカルド様に声をかける。けれど、起きる気配はない。

まぁ、今日は初夜の次の朝だし、なんにもしてないけど……一日くらい彼が鍛錬《たんれん》をサボってもいいか。

せっかくぐっすり眠れているんだし、もうちょっと寝かせてあげよう。

私はそ～っとベッドから下り、自室に戻って朝の支度を始めた。

鍛錬《たんれん》を始める前に寝室を覗《のぞ》いたが、リカルド様はまだ眠っているようだ。

まさか死んでいるのか？

近づいて顔を覗《のぞ》き込《こ》むと、ちゃんと息をしている。ほっとした。

さぁ、走ろう。

私は広い裏庭で走りはじめる。

朝の空気が気持ち良い。

その後、柔軟体操をしてから部屋に戻って身体を拭き、緩《ゆる》いワンピースドレスに着替えた。

寝室を覗《のぞ》くと、まだリカルド様は寝ている。

「リカルド様、そろそろ起きてください。朝ご飯を食べましょう」

そう言いながら揺さぶって初めて、薄《うっす》ら目を開けた。

「ん？　ん？　ミディア？　どうしてここに？」

「どうしてここにって、昨夜一緒に寝たじゃないですか。忘れちゃったんですか？」

「一緒に寝た……え～～～～～！」

リカルド様は飛び起きてうろたえる。

あまりの大きな声に、セバスチャンとメアリーが飛んできた。

「リカルド様、どうなさいました？」

「ミディア様、また何かしたんですか！」

何もしてないわよ。メアリー酷《ひど》いわ。

「いや、大丈夫。寝ぼけてしまったようだ。ミディアがいたので驚いただけ」

「リカルド様が寝ぼけた？　まさか昨夜はおやすみになられたのですか？」

「ああ、今までぐっすり眠っていた。こんなに眠れたのは何年振りだろう。なんだか頭がスッキリしている」

「それはようございました。嬉しゅうございます」

セバスチャンが涙ぐむ。

やはりリカルド様を心配していたんだな。

「あっ、鍛錬《たんれん》……」

リカルド様は昨日、一緒に朝の鍛錬《たんれん》をしようと約束したことを思い出したようだ。

「もう終わりましたわ。何度も起こしたのですが、全く起きないので一人で走ってきました。気持ち良かったですよ。明日は早起きしてくださいませね」

「申し訳ない。明日はちゃんと起きるよ」

残念そうな顔になる。

私と手合わせしたかったのかな？　なら明日は、剣でお手合わせしてもらおう。

「さぁ、早く身支度してください。朝ご飯を食べて領地を回りましょう」

「あぁ、そうだな。ミディア、先にダイニングに行っていてくれ」

リカルド様は穏やかに微笑《ほほえ》みながらベッドから下り、自室に戻った。

料理長が腕によりをかけて作ってくれた美味《おい》しい朝食を食べた後、私は部屋に戻り再び着替えた。

美味《おい》しかったなぁ。特にミルクが甘くて美味《おい》しかった。甘味料は入っていないのに自然のほんのりとした甘さが後を引いて。三杯も飲んじゃったけど、お腹《なか》痛くならないかな。

後から心配になってくる。

「ミディア様は食い意地が張りすぎですよ。お腹《なか》が痛くなったら、すぐにおっしゃってくださいね」

メアリーに怒られたので、ちょっとだけ反省。

まぁ、私のお腹《なか》はめちゃくちゃ強いから大丈夫だろう。

リカルド様から、今日は馬に乗るし領地はドレスじゃ歩きにくいためズボンがあればそっちのほうがいいよと言われた。

メアリーのチョイスは、ブラウスと細身のズボンにブーツ。

まぁ、剣の稽古をする時の格好だ。

髪はすっきりとまとめる。

エントランスに向かうと、リカルド様が待っていた。

「お待たせしました。こんな格好でよろしいですか？」

「大丈夫だ。それなら馬から降りても歩きやすいな。厩舎《きゅうしゃ》に行こうか」

公爵家の厩舎《きゅうしゃ》には馬が六頭いた。

「ミディアはあの馬がいいかな。気性が穏やかで大人しい馬だ」

リカルド様が頼むと、馬丁さんが連れてきてくれる。

「奥様、この馬はヴァンと申します。小柄ですが馬力はありますよ」

「小柄で馬力があるだなんて、ミディア様みたいな馬ですね」

後ろに控えていたメアリーが笑う。彼女につられてみんなも笑い出した。

「確かにミディアも、小柄だが馬力がありそうだものな」

リカルド様まで笑う。

まぁ、リカルド様が笑うのはいいことだからよしとしよう。

私とリカルド様は馬に乗り、出発した。

やっぱり乗馬は気持ち良い。私とヴァンの相性も良いみたいだ。

私はご機嫌でリカルド様の馬の後をついていった。


最初に向かったのは、屋敷から一番遠くにある牧場だ。

フェノバール領では酪農が行われている。この牧場には、以前は牛がもっといたのだが、干ばつと豪雨のせいで減ったらしい。

朝飲んだ美味《おい》しいミルクはここの牛たちのミルクだった。

「領主様、おはようございます。今日は視察ですか？」

ここの人だろうか？　男がリカルド様に声をかける。

「あぁ、おはよう。視察もなんだが、妻を紹介しようと思ってね。妻のミディアローズだ」

妻！

そうか、私は妻だった。

「領主様、ご結婚されたのですか？　おめでとうございます。それにしても随分若くて可愛い奥様ですね」

男の言葉に私は苦笑いをする。

「ミディアローズです。若輩者《じゃくはいもの》ですが、よろしくお願いします」

丁寧《ていねい》に挨拶《あいさつ》をした。

「そんな、もったいないです。俺ら平民風情《ふぜい》に頭なんて下げないでください。俺はビリーです」

「ビリーさん、挨拶《あいさつ》に平民も貴族も関係ありませんよ」

そう言って、私はリカルド様の顔を見る。彼は頷《うなず》いてくれた。

「朝飲んだミルクはこちらの牧場のものでしょうか？」

「そうだよ。毎朝運んでくれているんだ」

私の態度に、リカルド様は嬉しそうだ。

「ビリーさん、ありがとうございます。とても美味《おい》しかったです。明日の朝も楽しみです」

「お気に召していただけて嬉しいです。牛たちも喜んでますよ」

おぉ、牛たちも喜んでいるなんて素敵だ！

その後、ビリーさんが牧場の中を案内してくれた。

規模は小さいがチーズやバター、ヨーグルトなども作っている。

「将来的には領地の特産物として売り出したいと思っているんだ」

リカルド様が言う。

「領主様には色々お世話になっているんですよ。時には俺たちと一緒に牛の世話までしてくれてね。本当にいい方が領主様になってくれたと、みんな喜んでいるんです。今まで、ほったらかされていた土地でしたからね」

ビリーさんの話を聞きながら、リカルド様は慕《した》われているんだなと思った。

やっぱり彼は国王になるべきだったんじゃないのかな？　今からは無理なんだろうか？

もう王太子がいるし、無理なんだろうな。

でもリカルド様が国王になったら、私は王妃？

ないないないない！　私が王妃なんてあり得ない。

今となっては意味のないことを考えていないで、必要なことを考えよう。

私はもう一度ミルクを試飲させてもらう。

これなら、販路を作れば上手《うま》くいくだろう。

問題は鮮度だ。鮮度をどう保つかだな。

魔法で冷やすことはできないのかな？　魔道具を作るとか？

私は日常魔法と弱い回復魔法くらいしか使えない。

魔法に長《た》けた仲間が欲しい。誰かいないかな？

そんなことを考えつつ、チーズも試食する。

それにしても、ビリーさんのところのチーズは美味《おい》しい。

試食なのに、つい、たくさん食べてしまう。

こうして私たちはビリーさんに「また来ますね」と告げ次の場所に向かった。


牧場の次はどこに行くのだろう？

リカルド様の後を馬でパカパカついていくと、河川《かせん》工事の現場だった。

河川《かせん》工事は父の専門で、ここの工事にも一枚噛んでいるようだ。

父は家では母の尻に敷かれる頼りない人なのだが、土木のスペシャリストで、それに携《たずさ》わっている時は凄《すご》い人に変身するらしい。

残念ながら私はまだそんな姿を見たことがなかった。

工事現場では大勢の人が働いている。

「領主様」

「領主様だ」

「領主様が来てくれたぞ！」

ここでもリカルド様は人気があるみたいで、熱烈歓迎されている。

「領主様、今日は視察ですか？」

「あぁ、それもあるが、今日は妻を紹介しようと思って連れてきたんだ。妻のミディアローズだ」

「初めまして、ミディアローズです。よろしくお願いします」

とりあえず可愛く笑っておく。

「奥様！　もったいない。俺はマーチンです。この現場の責任者をやってます」

マーチンさんは日焼けしたゴツいおじさんだ。

リカルド様が現れたことを知り、工事をしている人たちが集まってきた。

「俺たちはみんな、領主様に拾われたも同然の者ばかりなんですよ。あの豪雨で家や仕事を失い腐っていたところを、領主様がこの現場で働かせてくれたんです。河川《かせん》工事に水路工事と毎日忙しいですが、給料が貰《もら》えるし、みんなのためになる仕事をしているという誇りも持てています。本当に領主様には感謝しています」

牧場に続き、ここでも誉め殺しだ。

リカルド様、好かれてるなぁ。

マーチンさんは工事が始まる前にリカルド様と一緒に父の下で勉強したそうだ。

それから三年半が経ち、河川《かせん》工事は終盤だという。

ここの工事後は、このメンバーで領内の違う場所の土木工事を始める予定なのだそうだ。

「この工事が終わったら、豪雨になっても川はもう氾濫《はんらん》しない。民が安心して暮らせる。本当にランドセン侯爵には世話になっているんだ」

「父でよければいくらでも使ってくださいませ」

「頼りにしてるよ」

土木工事の件は父にやってもらおう。

水路が完成すれば農業も発展する。

ところで、フェノバール領名産の農産物ってなんだろう？　次は農地を見てみたいな。

「リカルド様、次は農地を見てみたいです」

「うん。だが農地はまだまだなんだ。元々の土地が良くなくて産物が上手《うま》く育たない。土地改良もしているんだが、なかなか上手《うま》くいかなくてね」

リカルド様は項垂《うなだ》れる。

魅了の後遺症で負のエネルギーに囚《とら》われやすく、良くない話をするとすぐ落ち込むようだ。

「大丈夫です。なんとかなりますよ。土属性の魔力のある人に土を触ってもらったらいかがでしょう？」

「土属性の魔力？　土属性の魔力があれば土地改良ができるのか？」

私の言葉に、リカルド様が目を見張った。

知らなかったのだろうか？

私はリカルド様と共に河川《かせん》工事を見て回る。隅々まで見学したところで、リカルド様が提案してきた。

「次の場所に行く前に湖の畔《ほとり》でランチにしないか？　我が領地の中で一番美しい場所なんだ。きっとミディアも気にいると思う」

湖があるんだ。行ってみたい。それに、ランチはどんなメニューだろう。ワクワクしてくる。

そのままリカルド様の馬についていくと、森のようなところに入った。

木漏《こも》れ日がキラキラしていて綺麗だ。日陰なので涼しい。

そんな森を抜けたそこには――

うわぁ～おっきい湖だぁ～!!

海かと思うくらいの大きな湖が現れた。

私たちは湖の側の木陰《こかげ》に馬を繋ぐ。

すかさず、予め待機していたマイクとメアリーがランチのセッティングを始めた。

用意が終わるまで、私たちは湖の周りを散歩する。

「牧場のビリーさんも河川《かせん》工事のマーチンさんたちも、みんなリカルド様のことを慕《した》っているんですね」

「ミディアにいい格好を見せたくて、私と仲良くしてくれている人たちに会わせたんだよ。実際はまだまだだ。私だけでなく貴族そのものを嫌う人もたくさんいる。この地は、今まで色んな領主に変わった。その度に期待して裏切られてきたんだ。私に対しても、どうせ何もしない何も変わらないと思っていたんだと思う。それを、ビリーやマーチンのお陰で少しずつ心を開いてくれる人が増えた。ありがたいよ」

「この数年にリカルド様が頑張ったからですわ。まだまだもっと頑張らないといけませんけど、これからは私がいます。それに私は、一緒にこの領地のために働いてくれる仲間を探すつもりです」

「仲間を探す？」

私の言葉にリカルド様が驚く。

「私たちやマイクさんだけでは限界があります。餅《もち》は餅屋《もちや》です。この領地に必要なことが得意な人を探しましょう」

「しかし、そんな上手《うま》くいくかな」

「いきますよ。リカルド様が輝けば、その光を目指して必要な人が集まってきます。私の役目はリカルド様を輝かせることです。ピカピカに光らせちゃいますからね」

私はふふふと微笑《ほほえ》む。

その後、湖に入ろうとしてリカルド様に叱《しか》られたり、湖で魚を探そうと覗《のぞ》き込《こ》んでリカルド様に叱《しか》られたり、魚を捕まえようと湖に腕を突っ込んでリカルド様に叱《しか》られたりしながら、ランチが用意された場所に戻ってきた。

設置されたテーブルの上に色々な種類のサンドイッチが並んでいる。

濃く淹《い》れたお茶にビリーさんの牧場で分けてもらったミルクを入れた。

お茶の苦味とミルクのほのかな甘味が混ざり合って美味《おい》しい!!

今度ここに来る時は釣りがしたいな。本当は湖の中に入って手づかみで魚を獲《と》りたいけど、さすがにそれは怒られるから我慢しよう。一応、人妻だからね。

さて、お腹《なか》もいっぱいになった。次は農地に連れていってくれるのかな。

私はうきうきしながらヴァンに乗っかった。


次に見に行った農地はリカルド様が言っていたとおり、まだ上手《うま》くいっていなかった。

土壌が問題のようだ。

「領主様、こんにちは。小麦のほうはいい感じなんですが、こちらはまだまだですね。果物も成長は悪くないんですが、葡萄《ぶどう》は酸味が強くて。食べるのは難しいです」

畑から、リカルド様にそんな声がかかる。

小麦や葡萄《ぶどう》も作っているの？

「葡萄《ぶどう》が酸っぱいのなら発酵させてワインにするのはどうでしょうか？」

「ワイン？　ワインなど作れるのか？」

この領地の人はワインを作ったことがないらしい。

「実家の領地では少しですがワインを作っています。こちらでも作れるように、実家から技術者を呼んでレクチャーしてもらいましょう」

酸味の強いワインとあの牧場のチーズは合いそうだ。

「果物は色んな使い道があります。味が悪くても落胆しないでください」

私がそう言うと、リカルド様はふっと笑う。

「ミディアには敵《かな》わないな。本当に前向きだ」

「後ろを向いて反省するのも大切ですが、それも前に向き直らないと無意味です。リカルド様も前を向きましょう！」

私もリカルド様を見て微笑《ほほえ》んだ。

「リカルド、この方は？」

畑にいる人たちの中にいたリーダー格らしき人が、リカルド様に問いかけた。

リカルド様を呼び捨てにするほどの仲？

「ジャック、こちらは私の妻のミディアローズだ。よろしく頼む」

「あぁ、ランドセン侯爵家の跳《は》ねっ返《かえ》りか」

なんだ、この失礼な奴は？

「ランドセン侯爵家の跳《は》ねっ返《かえ》りでございます」

私は冷ややかに微笑《ほほえ》みながら、彼にカーテシーをしてやった。ズボン姿だけど。

「ミディア、そう睨《にら》むな。悪い奴じゃないんだ。ジャックは元々私の側近で騎士だったのを、あの事件で廃籍《はいちゃく》されてね。騎士も辞めたんだよ」

ここにも世を拗《す》ねた悲劇の主人公がいるのか？

「それでジャック様はなんで農業をしてるんですか？」

「ほっといてくれ」

は～～～、腹が立ってきた。

「ほっときますよ。でもこの領地で農業をやってるんなら、仕事に対しては真摯《しんし》に向き合ってください ませ。あなたがどんなに捻《ひね》くれようと構いませんが、農作物は素直で優しくて美味《おい》しい子にしてほしいですね」

「やったことのない奴が偉そうに言うな！」

「やったことありますよ！　実家では畑を作っていましたわ！」

「女のくせに口答えするな！」

腹立つ！　腹立つ！　腹立つ！

なんだ、この偉そうな奴は？

「ジャック、それはダメだ。男も女もない。女のくせになんて言う奴は、ここにはいらない」

おっ、リカルド様、良いことを言う。

「そいつが悪い！」

「ミディアは間違ったことを言ってないよ。本当に農業をやるつもりなら、いい加減な気持ちでやってほしくない。気持ちは作物に伝わるからな。やっぱり、農業より護衛騎士のほうがいいんじゃないか？」

「騎士は辞めた。俺は農業をやるんだ」

「じゃあな」と言って後ろを向き、手を振りながらジャック様は行ってしまった。

「ミディア、嫌な気分にさせてすまなかった。あいつ、ほんとはいい奴なんだけど、何をやっていいのか見つけられなくて、イライラしてるんだよ」

「騎士に戻りたいんですかね？」

「騎士は難しいだろうな」

リカルド様は遠くを見る。

彼の話では、魅了の魔法にかかっていた時のジャック様はエルザ嬢から自分の婚約者に酷《ひど》いことをされたと聞いて逆上したそうだ。婚約者に婚約破棄を申し立てただけではなく、剣を抜いて斬りかかろうとしたという。

そのせいで婚約者は心を病《や》み、あれから十年経っているのに結婚もせず領地で静養しているらしい。

魅了が解《と》けてから彼は何度も謝りに行ったが、門前払いだったようだ。

加えて、責任を取った彼の父親は騎士団長を辞めて家督を弟に譲り隠居した。

ジャック様は廃籍《はいちゃく》され、家を出て平民になったそうだ。

「あいつはたまたま河川《かせん》工事の人足としてこの領地に流れてきたんだ。私は長い間伏せっていたので、他の側近たちがどうなっているのか知らなかった。あいつを見た時は、驚きで言葉にならなかったよ」

そんなことがあったのか。

魅了の魔法で人生がめちゃくちゃになった人がまだいたんだな。

犯人を捕まえて処刑しました、はい終わり、というわけにはいかない。関わった人はそれぞれ痛みが残ったまんまなんだ。

私はこれから、リカルド様だけじゃなく、ジャック様の心にも土足でズカズカ入っていくことになるんだろう。きっとそうなる。

「私と違って、あいつは婚約者を愛していたんだ。不器用ながら彼女をとても大事にしていて、卒業したらすぐに結婚するはずだった。だから心の傷が私より深いんだろう」

リカルド様がぽつりぽつりとこぼす。

「心の傷の深さなんて誰にも分かりません。もう罰は受けているんです。リカルド様もあの人も前を向くしかないんですよ。後ろを向いたまま農作物なんて作れません。土に癒《い》やしてもらえたらいいですね」

「そうだな」

「さぁ、土属性の魔力保持者を探して土壌改良をお願いし、農業も上手《うま》くいくようにしましょう」

重い気持ちのまま帰るのは嫌だな。

私は久しぶりに呪文を唱え回復魔法をかけた。

空からキラキラと光が降り注ぐ。

リカルド様が、ジャック様が、この領地の人が、あの事件で心に傷を負った全ての人が、幸せの光で包まれますように。少しでも心が楽になりますように。

それにしてもやっぱりあいつ腹立つわ。

次の日。

今日は馬車で街に行くことになった。

昨夜、晩ご飯の後で、リカルド様とその日見た場所の感想や提案、対策などを話し合ったのだ。

私は、それなりの腕の専属魔導士とリカルド様の片腕として実務のできる人が欲しいと希望した。

今はマイクとセバスチャンがリカルド様の仕事を補佐しているが、そこに私が入ってもまだ足りないだろう。

キレ者の文官を引き抜きたいと言うと、「うちはまだ貧乏だし、難しいよ。それに醜聞《しゅうぶん》持ちの終わった領主の家に勤めたい人はなかなかいない」と難色を示された。

この屋敷で働いている人たちは、リカルド様が王太子だった頃から仕《つか》えていた人たちなんだそうだ。

だとしても、醜聞《しゅうぶん》持ちって？　十年経ってもまだ言われるの？　確かにあの時は加害者だったけど、リカルド様は被害者でもある。

元婚約者の家とは話がついているのに、貴族の世界はやっぱりおどろおどろしいな。

とりあえず、私は顔の広い母にお願いしてみることにした。

そして、リカルド様と一緒に眠る。疲れたのか、リカルド様はよく眠っていたのに、やっぱり夜中にうなされた。

拙《つたな》い回復魔法を流して彼の髪を撫《な》でる。

ジャック様と元婚約者もこんなふうだったのかな？

会ってみたい気もするけど、怖い。

偉そうなことばかり言っても、私は実際、魅了の魔法の加害者にも被害者にもなっていなかった。だから、彼らの本当の辛《つら》さは分からないだろう。それなのに、彼に会ったら私はまた踏み込んではいけないところまで踏み込んでしまうに違いない。

翌日。

昨晩、悩んだことを、馬車の中で思い出す。

「――ミディア、どうしたの？　なんだか思《おも》い詰《つ》めたような顔をしているよ」

隣に座るリカルド様が心配そうに私の顔を覗《のぞ》き込《こ》んだ。

「私は何も分かってないのに、偉そうでダメだと思ってたんです」

「分かってないから言えることもあると思うよ。ミディアはあんまり考えないで、その時々で思うまま動けばいい。骨は私が拾うから」

リカルド様はそう言いながらクスクス笑う。

「骨、ちゃんと拾ってくださいよ」

「御意」

御意って、私は何者なんだ？

リカルド様の冗談は分かりにくい。

なんだかんだ話しているうちに、街に着いた。

王都ほど華やかでも賑《にぎ》やかでもないが、お店がたくさんあって人通りも多い。

「せっかく来たのでミディアに何か買ってあげよう。服でもアクセサリーでも欲しいものを言ってくれ」

「欲しいものですか……」

服やアクセサリーにはあんまり興味がない。

何かないかと、きょろきょろ周囲を見回したその時――

「リカルド～！」

誰かがリカルド様を呼んだ。

「おぉ、チャーリー。久しぶりだな」

「ほんとに、お前はなかなか街に出てこないからな。体調はどうだ？　顔色は良さそうだな」

リカルド様くらいの年の、細身の男性だ。

誰だろう？　親しげだな。

「あぁ、体調は良いよ。あっ、紹介する妻のミディアローズだ。一昨日《おととい》、結婚した。ミディア、彼は友達のチャーリー。この街で診療所をしているんだ」

医者？

「初めてお目にかかります。ミディアローズと申します。よろしくお願いします」

カーテシーをしようとして、その男性に止められる。

「私はもう平民なんで、そんな仰々《ぎょうぎょう》しい挨拶《あいさつ》は無用です。リカルドが結婚するなんて驚いたよ。一生、独身だと思っていた」

「うん。私もそのつもりだったんだが、ミディアは特別なんだ」

私が特別？

リカルド様はまた訳の分からないことを言う。

「そうか、奥方、リカルドを頼みます。また、往診に行くわ。じゃあな」

チャーリー様はそう言って、行ってしまった。

リカルド様の話では、チャーリー様は宮廷医師団長の嫡男《ちゃくなん》で、あの事件が起こるまでは父の後を継いで宮廷医師になるはずだったそうだ。

しかし、魅了の魔法にかかり、婚約者と婚約破棄した。チャーリー様の元婚約者は、筆頭公爵家の令嬢だったという。大勢の目の前で娘との婚約を破棄し顔を潰されたと激怒した筆頭公爵によってチャーリー様は廃籍《はいちゃく》されて平民になり、彼の父親は宮廷医師の職を辞した。

件《くだん》の令嬢は他国の貴族と結婚して幸せに暮らしているらしい。

元婚約者が幸せに暮らしているのは救いだ。

私はチャーリー様の背中をじっと見つめた。そこに、リカルド様に声をかけられる。

「ミディア、欲しいものが思いつかないなら、先に人気のスイーツを食べに行こう」

スイーツ？　行く行く。

少し暗く重くなっていた心がスイーツのお陰でぱぁーっと明るくなった。

スイーツを食べた後は商店を回る。

リカルド様は商店主一人一人に声をかけて私を紹介してくれた。

街の商店主たちにもリカルド様は慕《した》われているようだ。

「領主様がいらっしゃってからこの街は変わりましたよ。今までの領主は悪い奴だったからね。ほんとに住みやすくなりました。奥様、これからも領主様をよろしくお願いします」

フルーツ屋さんの店主がりんごを二つくれる。

昨日会った牧場主のビリーさんも言っていたけど、今までの領主ってどんな奴だったんだろう？余程酷《ひど》かったのかな？

ここは王都から日帰りできる距離にある。もっと繁栄してもいいはずだ。それが、イマイチ栄えていないのは、前の領主が原因なのだろうか？

そんなふうに疑問が湧くが、答えは出ない。

結局、一旦、考えるのはやめた。

その後、屋台でB級グルメを食べたり、スイーツを買ったりと、久しぶりに楽しむ。

街もたまにはいいな。

さぁ、メアリーやハンナにお土産《みやげ》を買って帰ろう。

お土産《みやげ》買わないとメアリー怖いからなぁ。

第四章

結婚してから半月ほど経ったある日。

私は実家に里帰りをした。

この半月は公爵夫人としての勉強をし、領地を見て回っていた。

元々侯爵家の娘だし、淑女学校でも飛び級で卒業するほどの成績を収めている。

いや、あれを飛び級というのかどうかは知らないが、とりあえず卒業はできているので、マナーや女主人としての知識に概《おおむ》ね問題はないはずだ。

しかし、公爵家の使用人たちは「奥様が来たというよりは弟君が来た気がする」と言っているらしい。

最近は暇を見つけては、男の子のような格好で馬に乗り、ビリーさんの牧場に行ったり農地に行ったりしているせいかもしれなかった。

さすがに河川《かせん》工事の手伝いはしていない。

しようとしてリカルド様に叱《しか》られたので諦《あきら》めたのだ。あれはあれで興味深いので、今度父に話を聞いてみよう。

牧場では、ビリーさんと一緒にチーズを使ったスイーツの研究をしている。農地では、領地の奥さんたちと形の悪い果物を加工してジャムやドライフルーツなどを作っていた。

今できることをやってみようと色々提案したものを、私が貴族らしからぬ格好をしているせいか、領地のみんなは受け入れてくれた。

一人を除いては。

まぁ、あの人――ジャック様は捻《ひね》くれているので暫《しばら》くほっておこう。

そう考えているところに、頼んでいた魔導士に心当たりがあると母から連絡が来たのだ。

そこで私は、領地のジャムやチーズをお土産《みやげ》に実家を訪ねることにした。

リカルド様は夕方、私を迎えに来て父母や弟と一緒に晩ご飯を食べて一泊し、次の日の朝、一緒に戻る予定だ。

「お母様、お久しぶりです」

「まぁ、まだ半月しか離れていないじゃありませんか。メアリーから暴れていると報告が入っていますよ」

メアリーめ、チクったな。

「だって、フェノバール領は楽しいんですもの。ところで、これは領地で作っているものです」

私はお土産《みやげ》を母に渡す。

「食してみて良かったら、お友達にも紹介するわね」

母は私の狙いが分かっているようで、頼もしく請《う》け負《お》ってくれる。

頼りにしてます、母上様。

「今日はあの話で来たのでしょう？」

そう言って、母がにやにやした。

「はい、そうなんです。土属性の魔導士が見つかったと連絡を頂きましたが、どのような方なのでしょうか？」

私は公爵夫人モードに切り替える。

母の話では魔導士ではないけれど、魔道具を作るのが好きで屋敷の私室に引きこもってひたすら作業している人物らしい。魔力の属性は土と風。

母の友達のご主人の弟で仕事も結婚もしていないので、ぜひ、うちの領地に連れていってほしいそうだ。

それって、体《てい》のいい厄介《やっかい》払いなんじゃない？

彼はかなりの変わり者で人付き合いが苦手だという。

土属性で魔道具作りが好きな魔導士もどきか。一度会ってみないとな。

「お母様、会ってみたいです。セッティングお願いできますでしょうか？」

「分かったわ。リカルド様も一緒がいいわね」

「はい。私一人では決めかねますものね」

「そうね。リカルド様がいらした時に予定を聞いて決めましょう」

母はやることが早い。任せておけば安心だ。

「あなた、お父様にも用事があるんでしょう？　執務室で待ってるわよ」

私は母との話を終え、父の執務室に向かった。

「――お父様、ミディアローズです」

声をかけてから執務室の扉を開く。

父は机の上の資料を読《よ》み込《こ》んでいたが、顔を上げて私を見た。

「ミディア、待っていたよ」

「手紙にも書きましたが、領地の工事について色々教えてほしいのです」

私は事前に父に手紙を送っている。リカルド様やマーチンさんにレクチャーしたように、私や他の人にも土木工事に関する講座を開いてほしい、と。

河川《かせん》や水路の工事以外にも、道路を作りたい。その事業に父の手を借りたいと考えたのだ。

それと山の調査をしたい。

フェノバール領の北側は山が連《つら》なっているのだが、リカルド様にはまだ余裕がなく、その調査まで手が回らない。誰か調査できる人を紹介してほしい。

「ずいぶん入《い》れ込《こ》んでいるんだな」

「当たり前です。我が領地ですよ。民のために領地を潤《うるお》わせたいのです。我が領地の民は、リカルド様が領主になるまでずっと苦しんでいたそうです。それまでの領主は何もせず、税だけを取る人だったと聞きました。リカルド様が領主になって七年、彼が領民と一緒にやってきたことがようやく実を結びかけていますが、まだまだ可能性だらけです。リカルド様は周りに助けてもらうことを躊躇《ちゅうちょ》し、自分でなんとかしようとします。ですが、いくら優秀な方でも限界はあるでしょう。私は適材適所、それぞれ得意な人を集め育てて領地を良くしたいと思い、周りにお願いしようと提案しました。いい顔はされませんでしたが、なんとか納得してもらえています。まずはお願いしやすいお父様とお母様に助けてもらおうと思って、今日はここに参りましたの」

つまり、顔の広い母と土木のスペシャリストの父に、娘の特権で甘えることにしたのだ。

リカルド様は人に頼ってはいけないと子供の頃から教育されていたようなので、甘えられない人になってしまっている。

勉強して自分が身につけるのもいいが、できる人にやってもらったほうが早い。甘えるところは甘えればいいのに。甘えっぱなしはダメだけどね。

私は父に色々なお願いをした。

「なんだか少しの間にしっかりしたな」

「これでも公爵夫人ですもの」

私がそう言うと父は噴き出す。

そこ、笑うところじゃないでしょ！

「そうか、それは良かった。リカルド様とは上手《うま》くいっているのか？　早く孫の顔が見たいのだが、そっちはまだまだ先のようだな」

「仲良くなりつつありますわ。まだ結婚して半月ですし、やっとひととなりが分かりはじめたところです。毎朝、一緒に鍛錬《たんれん》したり、何度か剣の手合わせをしてもらったりもしました。リカルド様はなかなか強いんですよ」

「朝の鍛錬《たんれん》!?　そんなことをまだやっているのか？　相変わらず跳《は》ねっ返《かえ》りだな。やっぱり孫にはまだ会えそうもない……」

父はまだ三十代なのに、もう孫が欲しいのか？

「お父様はまだ孫と遊ぶ年齢ではありません。それより私に力を貸してくださいませ。爵位をロバートに譲る頃には、たっぷりと孫の世話をしていただきます」

「楽しみにしておくよ」

父にはっきりと宣言してしまったけど、子供なんてできるのかな？

うちの場合は作る作業が難しい。

まぁ、今はそんなことはどうでもいい。とにかく前に進まなくちゃね。


夕方になり、リカルド様がランドセン邸に到着した。

「義父上《ちちうえ》、義母上《ははうえ》、ご無沙汰しております。本日はありがとうございます」

予想どおり、固い挨拶《あいさつ》をする。人柄が出ているな。

「ようこそ、お待ちしておりました」

「ミディアローズはご迷惑をおかけしておりませんか？」

お母様、いきなりそれですか？　今のところ、そこまでの迷惑はかけていないわ。……多分。

「義母上《ははうえ》、大丈夫です。ミディアローズにはいつも助けられています。迷惑をかけているのは私のほうですよ」

ん？　迷惑をかけられた覚えもないけど？

「畏《おそ》れ多《おお》いお言葉ですわ。これからも娘をよろしくお願いします」

「もちろんです。頼りにしています」

適当なところで会話を一度打ち切り、私たちはランドセン侯爵家の料理長が作った自慢の夕食に舌鼓《したづつみ》を打つ。

食事の後、サロンに移動して、魔道具を作る土属性の魔法を持つ人の話を母に聞いた。

「彼の名前はアーサー・マイスタン様」

名前を告げられると、リカルド様が少し動揺する。

知り合いなのかな？

「現魔導士団長のアルダール・マイスタン様の弟です」

「アルの弟」

彼はそう呟《つぶや》いて眉根を寄せた。

「そうですか。彼は子供の頃から天才と言われていました。きっと大人になったら魔導士とか魔道具師として活躍すると思っていたのですが、やはりあの事件のせいで仕事に就《つ》けなくなったのですね」

「リカルド様、それは違います。マイスタン家にはあの事件の影響はありませんでした。現にアルダール様は当事者でしたが、処罰や謹慎もなく今は父君の後を継いで宮廷魔導士団の団長をしています。当事者がなんの影響も受けてないのに、弟君が影響を受けるわけがございません」

母がリカルド様に反論する。

知らなかった。今の魔導士団長はリカルド様と同じように魅了の魔法にかかったのに、現在の地位に就《つ》いたのか。

リカルド様や街医者になったチャーリー先生、どん底で喘《あえ》いでいるジャック様とは大違いだ。

そこで、母がふっと笑う。

「まぁ、一度お会いになってみてください。先代のマイスタン夫人はアーサー様を心配されているのですよ。フェノバール領の仕事をするようになったら元に戻ってくれるのではないか、とアリシア様を通じて私に話を持ってこられたのです」

アリシア様とは母の友人だ。彼女はリカルド様の側近だったマイスタン卿の奥様らしい。

う〜ん、なんかややこしいな。

私は頭の中を整理する。

その間に母がマイスタン家に連絡を入れ、せっかく私たちが王都に来ているのだからと、明日マイスタン家を訪れてアーサー・マイスタン様と会う段取りをとってくれた。

その後、私たちは湯浴みを済ませ、用意してもらった部屋で寛《くつろ》ぐ。

もちろん私は色っぽい夜着ではなく、色気のかけらもないお腹《なか》が冷えないような夜着を着る。

リカルド様はサイドテーブルに用意された果実酒を飲んでいた。

「ランドセン領で作っている果実酒です。うちでも作りましょうね」

「あぁ、義父上《ちちうえ》が指導者を手配してくれたので、うちでも作れそうだ。私一人では考えもつかなかったな。ミディアが来てからうちの領地は活気づいている。改めて礼を言うよ。本当にありがとう」

改まってお礼を言われると恥ずかしい。私は何もしていないのに。

そんなことより、私はリカルド様に聞きたいことがあった。

さっきの彼の態度についてだ。

リカルド様はアーサー様とはどういう関係なんだろう？

しかし、聞いてはいけない気がする。昔の傷を掘り返すな、とまた母に叱《しか》られそうだ。

それでも聞きたい……

「ミディアはさっきの話のことが聞きたいのだろう？」

必死に好奇心と戦っているのを、リカルド様はお見通しのようだ。

「話すのが辛《つら》いのではないですか」

「大丈夫だよ。私はもう前を向いているから」

リカルド様は私の頭に大きな手を乗せてポンポンと撫《な》でた。

「義母上《ははうえ》が言っていた人物は、あの時、私の側近だったアルダール・マイスタンの弟だ。アルも私たちと同じように魅了の魔法にかかった。ただアルは婚約者がもう卒業していて王立学校にはいなかったお陰で誰も断罪していない。確か、他国に留学していたのだったかな。誰にも何もしていないので、魔法が解《と》けた後、特に処罰されず、今に至っているらしい。アルだけでも未来が歪《ゆが》まなくて良かった」

リカルド様は一瞬、嬉しそうな顔をしたが、すぐに暗い顔になって話を続ける。

「何年か前に結婚し、去年、家督を継いで魔導士団長に就任したと聞いていたんだが、弟が世捨て人のようになっていたとは知らなかった」

魅了の魔法が解《と》けた後、元どおりの暮らしをしている人もいるんだな。

それはそれで良かったが、何故《なぜ》、関係ない弟が引きこもっているのだろう？

首を傾《かし》げていると、リカルド様が更に哀しそうに微笑《ほほえ》む。

「きっと私たちには分からない事情があるのだろう。アーサーはあの時、王立学校の一年であの現場にもいた。きっとショックを受けたのだと思う。子供の頃から天才だと評され、次の魔導士団長になるのは彼ではないかと言われていたんだ。私には会いたくないかもしれないな」

「そんなことはないと思いますよ。ちゃんと話をして、うちの領地に来てもらいましょう。作ってほしい魔道具がたくさんあるし、魔法での土壌改良をはじめ、やってもらいたいことも数限りなくあります。必ず、仲間に引き入れましょうよ！」

私は空回りしそうなほど、やる気満々になっている。

「そうだ、明日の朝は一緒にうちの私設騎士団の朝練に参加しましょうね」

「そうだな。ミディアは元気だね」

リカルド様が暗い顔をしているので、わざと元気に振る舞ってみたのだ。

身体を動かせば、気持ちが少しは楽になるかもしれない。

私はアーサー・マイスタンに会うのが楽しみになってきた。

今夜も私はリカルド様に拙《つたな》い回復魔法をかけながら子守唄を歌う。少しでも後遺症が楽になるといいな。


次の日。

早朝、私たちは私設騎士団の鍛錬《たんれん》に交ぜてもらうことにした。

「ミディア様、もう離縁されてお戻りになられたのかと思いましたよ～」

騎士団長のキースが私をからかう。

キースめ！　相変わらず失礼な奴だ。

「おはようございます。今日は突然参加してすみません。よろしくお願いします」

「おはようございます。こちらこそよろしくお願いします。伝説の王家の鋼《はがね》と手合わせ願えるなんて夢のようです」

なんとキースは、リカルド様とは丁寧《ていねい》な挨拶《あいさつ》を交わした。

それにしても、王家の鋼《はがね》？　なんだそれ？

「キース、王家の鋼《はがね》って何？」

「え～、ミディア様、妻のくせに知らないんですか？　この方は剣聖の最後の弟子で剣聖から鋼《はがね》のお墨付きを貰《もら》った方なんですよ」

だから、鋼《はがね》ってなんなのよ。

「まぁ、要するにものすごく強いんです」

そうなのか？

確かにリカルド様は強い。毎朝お手合わせをしてもらっているのでよく分かる。あの剣聖の弟子だったのなら納得だ。

「昔の噂ですよ。今はただの田舎《いなか》の領主です」

リカルド様は謙遜《けんそん》する。

「とにかく、鍛錬《たんれん》を始めましょう！」

リカルド様の言葉を受け流し、キースが嬉しそうに声を上げた。

私たちは走ったり、柔軟体操をしたり、筋トレをしたりする。

やっぱり思いっきり身体を動かすのは気持ち良い。

やがてあちこちで手合わせが始まったので、私は休憩することにした。

お～、リカルド様はモテモテだな。

彼がキースと手合わせを始めた。

キースは軽い男だが腕はたつ。そのキースがタジタジになっている。

やっぱり、リカルド様は強いんだな。

「リカルド様、お疲れ様でした」

鍛錬《たんれん》が終わり、私はリカルド様にタオルを渡した。

「久しぶりにいい汗をかいたよ」

「領地にいる時は私と身体を動かすだけですものね。たまにはここで騎士たちと一緒に鍛錬《たんれん》するといいんじゃないですか？」

私がそう提案すると、横にいたキースが満面の笑みになる。

「ぜひ！　ぜひお願いします！　時々でいいので私たちに稽古をつけてください！　若い奴らへの指導もお願いしたいです！」

キース、厚かましくないか？

「いいですよ。ランドセン侯爵にはいつもお世話になっていますし、指導なんてたいそうなことはできませんが、時々でよければ鍛錬《たんれん》に参加させてください」

「ありがとうございます。王家の鋼《はがね》に稽古をつけてもらえるなんて騎士冥利《みょうり》に尽きます。ミディア様、いい方と結婚しましたね。公爵閣下は災難でしょうけど」

なんで、災難なんだ。しばく！

私はニヤニヤ顔のキースの脛《すね》を思い切り蹴飛《けと》ばしてやった。

それにしてもリカルド様は色んな顔を持っているんだな。悪く言う人など一人もいない。

さぁ、身体を拭いて朝ご飯を食べたら、アーサー・マイスタンに会いに行くぞ‼

リカルド様と私は母と共にマイスタン侯爵家のタウンハウスに向かった。

アーサー・マイスタンは爵位を嫡男《ちゃくなん》に譲って引退した両親と一緒にタウンハウスに住んでいる。

タウンハウスといっても、かなり大きな邸宅だ。

さすが代々、宮廷魔導士団の団長を務める魔導士の屋敷だが、本宅はもっと大きいらしい。

今、本宅にはリカルド様の元側近のアルダール様が家族で住んでいるそうだ。

「お待ちしておりました」

家令らしき人に案内され中に入る。

マイスタン前侯爵、夫人、そして母の友達のアリシア様が出迎えてくれた。

早速、サロンに通される。

「今日はわざわざお越しいただきまして、ありがとうございます」

「急にお伺《うかが》いしてすみません。マイスタン前侯爵閣下、夫人、ご無沙汰しております」

「もったいないお言葉痛み入ります。殿下、お元気そうで……」

前侯爵閣下は涙を流している。夫人もだ。

「もう殿下はやめてください。私はただの田舎《いなか》の領主ですよ」

リカルド様はそう言いながら前侯爵閣下らしき人の肩をポンと叩《たた》いた。

挨拶《あいさつ》もそこそこに私たちはソファーに腰掛ける。

「あんな奴でも殿下のお役に立てるなら嬉しいです。粉骨砕身《ふんこつさいしん》働かせます」

前侯爵は俯《うつむ》きながら話を続けた。

「私たちマイスタン家は、殿下に顔向けできないことをしました。殿下は辛《つら》い思いをされているのに、マイスタン家の者たちはのうのうと生きている。アルダールはなんの咎《とが》めも受けず、魔導士団の団長などしております。本当にお恥ずかしい。申し訳ございません」

「前侯爵閣下、頭を上げてください。アルダールは誰も傷付けていません。咎《とが》めがないのは当たり前です。魅了の後遺症もないようで良かった。私については、自分の不徳の致すところ。侯爵閣下が気にすることはありません」

咎《とが》めがなかったらなかったで、苦しむ何かがあるのだろうか？

でも、リカルド様の言うとおり誰も傷付けていないのなら、罰を受けなくてもいいんじゃないのかな？

「それでアーサー殿は何故《なぜ》、屋敷にこもっておられるのですか？　かつては天才だと評判だったのに」

「アルダールのせいでおかしくなってしまったのです。仲の良い兄弟だったのですが」

夫人がハンカチで涙を拭《ぬぐ》う。

「まぁ、アーサーはアーサーなりに思うところがあったのだと思います。ただ才能があるだけに、このまま燻《くすぶ》らせておくのが忍びないのです。ですが、私たちにも心を閉ざしているので、どうにもならず……」

前侯爵閣下は難しい顔をしている。

みんな言葉が出ず、沈黙が流れた。

その時——

バタン。

いきなり部屋の扉が開く。

一人の青年が現れた。

「フェノバール公爵閣下、ご無沙汰しております。アーサー・マイスタン、閣下にお仕《つか》えいたしたく参上いたしました。もう、いつでも出立《しゅったつ》できます」

えっ？　アーサー・マイスタン？　この人がそうなのか？

しかし、まだ話もしていないのに、いきなりなんだろう？

「アーサー、いきなり失礼ではないか！」

「失礼ですか？　あなた方に言われる筋合いはありませんね」

彼は父親に口ごたえをした。

あ～、これは拗《こじ》らせてるな。

「では、アーサー殿はランドセン家が責任を持って預かり、フェノバール公爵家にお仕《つか》えしてもらいます。閣下、夫人、アリシア様、それでよろしいですね」

母が低い声で告げる。

「リカルド様とミディアはアーサー殿と共にお行きなさいませ」

その言葉に、リカルド様が頷《うなず》く。

「前侯爵閣下、アーサー殿のことは私に任せてほしい。また日を改めて挨拶《あいさつ》に伺《うかが》います」

彼がそう約束している間に、アーサー様は既《すで》に玄関を出ていた。

アーサー様も一緒の馬車で帰るのかしら？　なんだか、それは気まずい。

なのに、屋敷の外ではアーサー様が待っている。

「公爵閣下、馬車ごと飛ばしますので中にお乗りください」

馬車ごと飛ばす？

疑問に思いつつも馬車に乗った私は、気がつくとフェノバール領の屋敷の玄関前に馬車ごと移動していた。

何この状況？　移動魔法？

期待どおり、アーサー・マイスタンは凄《すご》い魔導士なのかもしれない。


こうして、アーサー・マイスタンがフェノバール領にやってきた。

彼はリカルド様より二歳年下で、あの婚約解消事件の時は王立学校の一年生、生徒会のメンバーとして現場にいたらしい。

そのせいで、何かを拗《こじ》らせて引きこもりになったのだろうか？

しかし、フェノバール領に来てからは礼儀正しい普通の人に見える。

拗《こじ》らせ男その一のジャック様とはえらく違う。

「アーサー様、ここに来てからとお屋敷とで、あなたの態度に随分違う印象を受けるのですが、私の思い過ごしでしょうか？」

私がそうアーサー様に話しかけると、隣にいるリカルド様が固まった。

あら？　私、何かおかしなこと言ったかな？

「ミディア、そんなことを言ったらアーサーが困るだろ。今は我が領内の話をしよう」

リカルド様はあからさまに話を変えようとしている。

彼の言葉を無視して、私はアーサー様に向かってにこっと笑った。すると、アーサー様ははっきりとこちらに視線を向けて答える。

「私自身は何も変わらないです。ただ、対する相手によって多少態度が変わるのは仕方がないことでしょう。私はマイスタン家の人たちが不快なのです。それなのに、家を離れられない自分を情けないと感じていました。私を連れ出してくれたお二人には感謝しています」

「家を出たかったのか？」

彼の言葉にリカルド様が驚く。

「あの事件の後、私は心を病《や》んで魔力暴走を起こしてしまいました。本宅の一部を破壊したので、タウンハウスのあの部屋に幽閉されたのです。そこから二年くらい意識がありませんでした。身体の中の魔力が空っぽになったのに、死なずに眠っていたそうです。そしてその間に魔力が戻ったのです。それから暫《しばら》くして幽閉は解《と》けましたが、私は外に出る気になれず、部屋の中で魔法の本を読《よ》み漁《あさ》り、魔道具を作る生活を送っておりました。結局、家を出たいと言いながら何もやらない卑《ひ》怯者《きょうもの》です」

「卑《ひ》怯者《きょうもの》なんてことはないわ」

私がアーサー様に詰《つ》め寄《よ》ると、彼は目を伏せた。

「いいえ。私は兄や父と同じ卑《ひ》怯者《きょうもの》なんです。リカルド様や他の側近の方々はあの時、きちんと罪を負いました。でも兄は誰も傷付けていないという理由で、責められませんでした。たまたま、あの場に婚約者がいなかっただけなのに。兄が校内であの女と何をしていたか、私は知っています。人のいない放課後の教室でまぐわっているところを見ました。それでも、魅了の魔法にかかっていたのだから仕方ないというのですよ。代々魔導士の家系の嫡男《ちゃくなん》が魅了の魔法にかかって、あの女にいいようにされたんです。本当なら、魅了の魔法に気がついて解呪しなきゃならない立場なのに。リカルド様を助けなければならない立場だったのに。なんのための側近ですっ！　それが今は宮廷魔導士団長ですよ。当時の騎士団長も医師団長も子息を廃籍《はいちゃく》にし、職を辞しました。一方、父は兄になんの処分も下さず、自分はその後何年も魔導士団長をしていました。どれほど厚顔無恥《こうがんむち》なんでしょう。私はどうしても耐えられなかったんです。でも、そんな奴らの脛《すね》をかじっている私も結局、同じ穴のむじなですよね。私も卑怯者《ひきょうもの》なんです」

　私はアーサー様の前に立ち、顔にかかる前髪をぎゅっと掴《つか》んだ。そのまま後ろに引っ張り、ポニーテールに結ぶ。

　ずっと隠れていたアーサー様の顔が露《あら》わになった。

「おぉ、イケメンじゃないですか？　前髪がうっとうしかったんで結びました。目の前が明るくなったでしょ？」

　アーサー様はきょとんとした顔をする。

「家を出たんだから、それでいいんじゃないですか？　これからはここで、私たちと一緒にこの領地を豊かにするために魔法を使ったり魔道具を作ったりしてください。私はあなたが家族を許せないなら、それでもいいと思います。だって、あなたの正義はあなただけのものですから。家族と仲良くなれなんて、私は言いいません。家族と会いたくないのなら、会いたくなるまで会わなくていいんですよ。今のあなたの住む場所は、このフェノバール領。あなたの仕事はフェノバール公爵家専属魔導士。もちろん家族に会いたくなったらいつでも移動魔法で帰っていいけど、必ずここに戻ってきてくださいね」

私の言葉に、アーサー様はますますぽかんとした。リカルド様はくすくす笑っている。

「本当にミディアは面白いなぁ。普通は家族と仲良くするようにって説得するんじゃないか？　家族の気持ちを考えてみて、みんなあなたを愛してるわ、とか」

「リカルド様はそう思っているのですか？」

私が聞くと、リカルド様は頭を左右に振った。

「アーサーの思いがアルダールや前侯爵に伝わらないのと同じように、きっと彼らの思いもアーサーには伝わらないのだろう。誰も悪くない。みなそれぞれ、良かれと思っていることをしているだけ。心が離れている時は、傍《そば》にいなくてもいいよ。辛《つら》いからね。私も父母の気持ちが辛《つら》くて、ここに逃げてきたんだ」

そうなのか。そういえば、リカルド様は以前、みんなが腫《は》れ物《もの》に触るように接するのが苦しいと言っていたなぁ。

「アーサー、ミディアは落ち込んでいる者に対して、そっと優しく接するなんてことはしてくれないんだ。傷口に塩を塗《ぬ》り込《こ》んでくる。どんなに心を閉ざしていても、隙間を見つけてこじ開けるんだ。そして両手両足を使って広げる。最初は怖くて逃げ出したくなるけど、だんだんそれが心地よくなってくるよ」

やっぱりリカルド様はMなんだな。

私にそんなつもりはない。ただ、つい思ったことが口から出てしまうだけだ。

「私はアルダールだけでも幸せなってくれて良かったと思っているよ。でも、アルダールは今も私とは目を合わせてくれないんだ。彼は彼で苦しんでいるんだと思う。だから、アルダールはアーサーが許していないことで案外、救われているのかもしれないな。あの頃のことを知る人はアルダールとどう接していいか分からず、持て余されている雰囲気を感じているんだろうとも思うし」

「確かにアルダール様は後ろめたく思っているかもしれませんね。自分だけ罪に問われなかった、輝かしい未来を手に入れてしまった。そんな人の心の中はどうなっているんでしょう？　アーサー様はお兄様もお父様も、好きだったんですね。自慢の父、自慢の兄だったのに裏切られた気持ちになったのかしら？　まぁ、勝手に憧《あこが》れて勝手に幻滅してるだけですけど。ただそれだけのことです。さ、さ、ご飯にしましょう。今日は料理長が山で撃ってきた山鳥のローストですよ。彼が腕によりをかけて作ってくれた晩ご飯をみんなで食べましょう！　野菜を残したら皿洗いの刑ですからね」

そう言って、私はアーサー様の肩に手を置いた。

「ミディアは怖いぞ〜」

リカルド様が笑っている。

人の心の内なんて誰にも分からない。

それでも、基本はみんな善意で生きているはず。

アルダール様とアーサー様もいつかは仲直りできるといいな。

みんな、もっと自分の思ったことを素直に口に出せばいいのに。そうしたら、わだかまりなんてなくなるのにね。

私は言いすぎて叱《しか》られちゃうけど。ふふふ。

さぁ、山鳥のローストを食べよう！　想像するだけでよだれが出てきちゃうよ。


いつものように朝の鍛錬《たんれん》を済ませ、私はまた簡単なワンピースにズボン姿になった。

「こんな公爵夫人どこにもおりませんね」

メアリーが嘆《なげ》くが、必要になったら貴婦人然として振る舞えるから大丈夫よ。

今日はアーサー様と農地へ行く。

土属性の彼にライアンさんの農地の土壌改良をしてもらう予定だ。

アーサー様は馬に乗れないので、移動魔法で目的地まで飛ぶことにする。

「現地集合はめんどくさいので、みんなでまとめて飛びましょう。皆さん馬車に乗ってください。馬車ごと飛ばしますので」

そう言って私たちを馬車に閉じ込めると、アーサー様が何やら呪文を唱えはじめた。

そうして、あっという間に農地に着く。

「――お～、いきなり馬車が現れたので驚きましたよ」

この辺りの農地の持ち主のライアンさんが、目を丸くして私たちを見ている。

「おはようございますライアンさん、彼がこの間話した魔導士のアーサーです。この辺りの土壌改良をやってもらいます」

リカルド様がライアンさんに説明した。

「領主様、魔法で土が変わるなんて本当に楽しみです。長いこと生きてるけど、初めての体験ですよ」

ライアンさんは私のお祖父《じい》様くらいの年齢だ。若い頃から長い時間、悪い土を色々工夫して作物を育てていて、今、彼の農地には美味《おい》しそうなトマトが実っている。

リカルド様に紹介されたアーサー様がライアンさんの前に進み出た。

「初めまして。魔導士のアーサーです。それでは始めますね」

しゃがみ込んで農地に手を置く。そして呪文を唱えた。すると、まるでモグラが出てきたかのように土が盛り上がりはじめる。

何が起こるのか興味津々《きょうみしんしん》に集まってきていた人たちが驚いている。

アーサー様はあちこちの畑で次々と同じことをした。

「この辺りの土壌改良は終わりました。かなり肥《こ》えた土になっているので、その特性に合わせて作物を育ててください」

そう言うと、彼は突然その場に座り込んだ。

魔法の使いすぎかな？　身体は大丈夫かしら？

「アーサー、大丈夫か？」

リカルド様が駆け寄る。

「全然大丈夫です。私は魔力が多すぎるんで、出したほうが楽になるんですよ。ただ、そっちは大丈夫なんですが、長い時間しゃがんでいたので足が疲れました」

そう言って、アーサー様は楽しそうに笑った。

その言葉どおり、彼は暫《しばら》くして復活する。

ポニーテールのイケメン魔導士は領地の人に受け入れられ、今はライアンさんに貰《もら》ったトマトにかぶりついている。

魔力をたくさん放出するとお腹《なか》がすくらしい。これからは簡単なサンドイッチなんかを持ってくるといいかもしれないな。

私とリカルド様、マイクとメアリーは、ライアンさんの畑の作付けを手伝うことにした。

トマトを食べ終えたアーサー様は畑の脇道で昼寝をしている。

やっぱり疲れたのかな。

そういえば、ジャックさんの畑はどうなっているんだろう？

「リカルド様？　ジャックさんの畑はどんな感じなんですか？」

「うん、あんまり良くないんだけどね。魔法で土壌改良なんかしてもらわなくてもいいって拒否してるんだ」

「そうなんですね。じゃあほっときましょう。自分で何か考えているんじゃないですかね」

あの拗《こじ》らせ男には困ったものだ。

農地というのは自分一人だけじゃなく、たくさんの人が働いている。自分の変な意地に他人を巻き込んじゃダメでしょう。

「ジャックさんとは、あの騎士団長の子息のジャック・モダフィニル卿ですか？」

寝ながら私たちの話を聞いていたらしいアーサー様に尋ねられる。

仲が良かったのかな？

「お友達だったんですか？」

「いえ、直接話したことはほとんどない間柄だったんですが……」

まぁ、あの現場にいたのだから、アーサー様にはジャックさんに思うところがあるのだろう。

「あの人、この領地にいるんですね」

アーサー様が難しい顔になる。

ジャックさんが嫌いなのかも。

「ジャックさんが嫌いなの？」

ストレートに聞いてみた。

「嫌悪感はあります。あの人も兄と同じように、酷《ひど》い振る舞いをしていましたからね。魅了魔法にかかっていたとはいえ、人として、騎士として、やってはいけないことをやらかしていた」

「でも、罰は受けているじゃない？」

私がそう言うと、アーサー様はふっと笑う。

「そうですね。兄よりはましです。彼は廃籍《はいちゃく》になり、父親のモダフィニル騎士団長は団長を辞任しましたものね」

横で私たちの話を聞いていたリカルド様が口を開いた。

「ジャックは苦しんでいるんだよ。魔法にかかって、とんでもないことをしてしまった、とね。元々、真面目で正義感が強くて熱い男だから、私なんかよりずっと苦しんでいるんだと思う。私は元婚約者が幸せでいてくれたので、救われたしね」

ジャックさんの元婚約者は心を病《や》み、領地で静養しているんだったな。

「リカルド様とあの人たちは違いますよ。リカルド様はあの女とまぐわってはいない。対して、兄とモダフィニル卿、そしてドラール卿は本当に酷《ひど》かった。私はあの人たちには嫌悪感しかありません」

ドラール卿って誰だ？　初めて出てきた名前だ。

それにしてもアーサー様はやけに詳しいな。

「アーサー様、詳しいですね」

「あの時、兄の様子がおかしいと気づいた父に、兄の行動を見張るよう頼まれていたのです。たちの悪い女にたらし込まれているようなので調べろ、と。私は兄の行動を監視する魔道具を作りました」

そんな魔道具を作れるのか？　凄《すご》すぎる！

「それを使って、兄やモダフィニル卿やドラール卿があの女と不貞を働いていることを知ってしまったのです。本当に失望した……」

その魔道具、何かに使えないかな？　たとえば、畑の作物を食べにくる動物対策や、河川《かせん》の水量の監視やら……

「ミディア、やっぱりそんなことを聞いたらショックだよね。私も一つ間違えば不貞を働いていたかもしれない。そうしたら、ミディアやアーサーに失望されていたな」

「えっ？」

軽く蒼褪《あおざ》めた顔でリカルド様が言う。

私が黙り込んだのを、彼はアーサー様の話にショックを受けたせいだと思ったらしい。

「もう済んだことだし、私の知らない時代の話なんで、失望も何もないですよ。今のリカルド様は不貞なんかしないでしょ？」

「もちろんだ。……ミディアには敵《かな》わないな。でも……身体の関係はなかったが、心は支配されていた。あれも不貞には違いない」

リカルド様がしょんぼりしている。

「いえ、リカルド様は兄たちとは違いますよ」

アーサー様がリカルド様を慰《なぐさ》めようとした。

アーサー様はきっと潔癖症なんだな。

「そんなことより、先程話に出てきた魔道具ですが、畑や河川《かせん》にも使えませんか？　畑の作物を食べに来る動物を確認したり、天候の様子を見たりとか？」

「そうですね。改良すれば色んな用途に使えそうです。考えてみます」

私が話を変えると、アーサー様もすぐに乗ってきてくれた。

私は昔の話よりこれからの話がしたい。

明日は果樹園を見て回る予定だ。

この後もあちこちの畑を徐々に土壌改良していこう。

あとは、鮮度を失わない状態でミルクの物流ができないか？

そちらについてはリカルド様とアーサー様が思案中だ。上手《うま》くいけば、王都でもビリーさんの牧場の牛たちの美味《おい》しいミルクが飲める。

加えて私はアーサー様から魔法を習うことになった。

移動魔法が使えるようになりたい。元々持っている回復魔法をもっと強いものにしたい。


フェノバール領に来てから、私は毎日忙しく、楽しい。やりたいことが次から次に出てくる。

みんな、後ろを向いている暇なんかないよ〜！

第五章

私は十六歳になった。

誕生日に、領地の屋敷でちょっとしたパーティーが行われる。

ガーデンパーティーで、畑でとれた野菜や果樹園でとれた果物などを持った領民たちがお祝いに来てくれた。

料理長が果物を使ったバースデーケーキを作ってくれる。

材料は全て領地産だ。

フェノバール領産の材料のスイーツも売り出したいな。

アーサー様の魔道具で、ビリーさんの牧場のミルクや乳製品が王都でも食せるようになった。母が社交界で広めてくれたこともあり、ビリーさんは大忙しだ。

アーサー様が乳製品を加工する魔道具を作ったり、人手を増やしたりして対応していた。

働く場所ができ、領地の若者たちが王都に出ていかなくなったと領民が喜んでいる。

少しずつではあるが、確実にフェノバール領は良くなっていた。

それが本当に嬉しい。

そして、私はリカルド様から誕生日プレゼントを貰《もら》った。

私用にオーダーで作った剣だ。力のない私に合わせて、軽くて短めになっている。柄《つか》に緑の宝石で作ったお花の模様が入っていて可愛い。

緑の宝石はリカルド様の瞳の色かな？

妻として認めてくれているようで、それも嬉しい。

「ミディアはいつも重い剣を使っているから、作ってもらったんだ。我が領地には良い剣を作る職人がいるからね」

そんな人がいるのか？

詳しく聞くと、普段は鍛冶屋《かじや》さんをしているが元は刀工《とうこう》という人がいるらしい。

フェノバール領は色んな人がいるんだな。

「そういえば、もうじきデビュタントね」

デビュタント？

実家から領地までお祝いに来てくれた母が嬉しそうに言う。

「ああ、そうね。ミディアちゃんも十六歳ですものね。私からはドレスをプレゼントするわ」

お忍びで来ている王妃殿下も嬉しそうだ。

しかし、デビュタントって、夜会に出るのよね？

とうとう私、社交界にデビューするのか？

デビューが済んだら、私は公爵夫人として社交界に出なくてはならなくなる。

うわぁ〜、めんどくさい。

「ミディアのデビューは私がエスコートします。今まで社交界に顔を出すのが怖くて逃げてましたが、ミディアと一緒なら心強いです」

リカルド様がそう申し出てくれた。

社交界は嫌でも、彼が前を向いてくれていることは喜ばしいな。

「私も参加します。ミディア様が何かやらかしたら、リカルド様だけでは大変ですから」

アーサー様がリカルド様に付け加えた。

なんで私がやらかすと確信しているのよ。

お忍びではあるけれど、こうして国王陛下も王妃殿下も私が十六歳になったのを祝いに来ているんだし、改めて夜会で挨拶《あいさつ》なんてしなくてもいいんじゃないのかしら？

私は眉を寄せる。

「ダメよ！　ミディア、デビュタントボールは出ないとダメですよ」

「そうね。ミディアちゃん、私も王宮であなたに挨拶《あいさつ》されるのを楽しみにしているわ」

私が何も言っていないのにもかかわらず、母も王妃殿下も口々に言う。

私の心の声が分かるのだろうか？

仕方ない、少しの時間だけ公爵夫人の猫を被るか。

「ミディアのドレスは私が贈りたいな」

リカルド様が何故《なぜ》か王妃殿下に対抗しはじめた。

しかし、リカルド様に作ってもらうのは、ドレス代がもったいないと感じてしまう。そのお金で領地のためになることをするほうがいい。

「それなら、この領地で作っている布地でドレスを作るのはどうでしょうか。なかなか知られていませんが、ここで作られる糸は質がとても良いのです。ミディア様がそれを使ったドレスを夜会で着れば、注目されるのではないですか？」

またしても私の心を読んだようなアーサー様の提案に驚く。

この領地で布地を作っていたなんて知らなかった。

リカルド様の顔を見ると、彼は首を左右に振る。

どうやら、リカルド様も知らなかったようだ。

アーサー様の話によると、養蚕《ようさん》をしている人がいて、そこでできる絹糸の質が良いらしい。それを使って家内工業で細々と布を作っているそうだ。

アーサー様はなんとかそれを量産できないかと、魔道具を考えているらしい。

アーサー様は凄《すご》い。リカルド様も私も知らなかった特産品を知っているなんて、すっかりフェノバール領の人だわ。

私たちは次の日に、その布地を見に行くことにした。何故《なぜ》か母と王妃殿下もついてくるそうだ。

やはり女性はドレスの生地が気になるんだな。

布地次第だが、母や王妃殿下に着てもらえば宣伝になる。

それもフェノバール領の特産品になってくれるといいな。

翌日。

私たちは計画どおり、アーサー様に連れられて養蚕《ようさん》農家に行く。そこから、糸を紡《つむ》いで布地にしている作業場も訪ねた。

家族で作っているそうだ。

「良いわね。凄《すご》く良いのではなくて？」

出来上がった布を見るなり、王妃殿下が興奮する。

「手作業で愛情を込めて作っているからこそだわね。このグレードの布地はなかなか見ないわ」

母も盛り上がっていた。

正直な話、私はよく分からない。

しかし二人が認めるのなら、良い品なのだろう。

「早速これで三着、ドレスを作りたいわ。用意できるかしら？」

「はい。ご用意できます」

「すぐにデザイナーに連絡しなきゃね」

王妃殿下は話が早い。

「ミディアちゃんのデビュタントの夜会で私たち三人共、この布地のドレスを着ましょう。きっとみんな、この布を欲しがるわよ」

私たちが生きた広告になるわけだ。

アーサー様の話では、この養蚕《ようさん》農家は領地の一番端にあり、家族だけでやっていて糸や人手がなかったせいで、今まで工場を作って大量生産することを考えていなかったらしい。

アーサー様が近くの農家の土壌改良をした時に見つけたそうだ。

その時、養蚕《ようさん》ではなかなか利益が出ないと相談されたという。

魔法で服職人のところに運ぶこともできるし、この先、領地から王都までの大きな道路を作るのでスムーズに運べるようになる。布が人気になれば、売る先はいくらでもできるだろう。母や王妃殿下が広告塔になってくれれば需要は広がる。

リカルド様は大規模な製糸工場や織物工場を作るのもありだと考えているようだ。

せっかく作るなら、畑に綿や麻を植え、絹だけでなく、平民向けの服の生地やシーツやリネンなども生産してはどうかと提案してみる。

実は自分用に綿や麻の洋服が欲しいだけなのだが。

ジャックさんの畑で作らないかな？

「リカルド様、ジャックさんの畑で麻や綿を栽培するのはどうですか？　あの辺りは風通しがいいし、用水路ができれば水はけも良くなるでしょう？」

「ジャックか〜。難しいかもな。ライアンさんに相談してみるよ。あの人なら、空いている農地や作業してくれる人を知っているだろうしね」

私とリカルド様がそんな話をしていると、隣に来たアーサー様が怖い顔になった。

「あんな奴にやってもらわなくていいですよ。綿や麻の農地は私が魔法で作ります。ライアンさんに相談して、農家を紹介してもらいましょう」

アーサー様は余程ジャックさんが嫌いなんだな。

実際会ったら……ダメだ。もっと嫌いになるわ。正直に言うと、私も嫌いだもの。

でも、うちの領地にいるのだから、なんとか彼にも利益を出してほしいのよね。みんなで豊かになりたいじゃない。

まぁ、ジャックさんのことは置いておいて、今は領地にある色んな可能性にチャレンジしてみよう。

さて、デビュタントボールではうちの領地の絹織物で誂《あつら》えたドレスを着て、一暴れしましょうかね。


こうして、デビュタントボールに向けて私たちのドレス作りが始まった。

私のドレスは糸そのものの色を生かす。

デビュタントは基本白いドレスだ。私は既婚者なので色付きでもいいらしいが、そこはやっぱりデビュタント。白でしょう～。

王妃殿下と母のドレスは生地を染色する。せっかくなので領地で採れた天然の植物で染めた。

王妃殿下はマリーゴールド、母はミモザ。素材が良いのでどちらも綺麗に染まる。

デザインはデザイナーさんと相談だ。私はよく分からない、というか、あまり興味がないので丸投げさせてもらった。

母と王妃殿下、それにリカルド様もデザインの検討に参戦する。

リカルド様はドレスのデザインをするのが好きなのだろうか？　楽しそうだ。

ドレスに合わせてアクセサリーや靴、髪飾りが作られた。

夜会に出るのは大変だな。

そういえば、ドレスらしいドレスを着るのは結婚式以来だ。

普段はシンプルなドレス風のワンピース、下手するとズボンだものね。

アクセサリーはエメラルドになったらしい。王家の秘宝とやらと言われるデッカいエメラルドのついたネックレスを、王妃殿下がわざわざうちに持ってきた。

王家の秘宝？　そんなたいそうなものいらんし……

だが、王妃殿下は聞く耳を持たない。

仕方がないのでつけてみる。

重い。これを長時間つけていると、首がおかしくなりそうだ。

その上、デビュタントに向けて、毎晩メアリーや王妃殿下が送り込んできたゴッドハンド侍女軍団に、私は丹念に磨き上げられている。

そうして迎えた当日。

朝からみんなの気合が凄《すご》い。

「リカルド様、助けて……」

助けをもとめても、彼は「大丈夫だよ」と笑っている。

やっぱり夜会は大変だ。

何回も言うけど、夜会は大変だ。

私は諦《あきら》めて、メアリーと侍女軍団に身を任せるしかなかった。

「ミディア、綺麗だ」

出来上がった私の姿を見て、リカルド様は顔を赤くした。

私だって磨けば光るのよ！

「ミディア様、化けましたね。私の魔法でもそこまでの変身は無理です」

余計な一言を発したのは、アーサー様だ。

彼は最近、すっかりここの生活に慣れて、私にも負けないくらいの毒舌になっている。

シリアスキャラのはずだったのに困ったものだ。

「今日は公爵夫人の私をお見せいたしますわ。ほほほほほ」

私は胸を張って宣言した。

「「ぷっ」」

なんで二人とも噴き出すのよ!!

そんなこんなで、私たちは馬車に乗って今日の夜会会場である王宮に向かった。

(といっても、アーサー様の魔法で近くまで飛ぶんだけどね)

王宮に私たちが到着すると、予想どおり貴族たちがチラチラとこちらを見てヒソヒソ話を始めた。

リカルド様が夜会に出るのは十年ぶり。いつの間にか結婚していて、その夫人がデビュタントなのだから、気になるわな。

「みんな、ミディアを見てるよ。ミディアが綺麗だからね」

えっ？　私？

確かに私も見られているけど、綺麗だとかじゃないと思う。ただ単に、元王太子の姿に興味津々《きょうみしんしん》なのだ。

「「「ミディア様〜！」」」

淑女学校の同級生たちが走り寄ってきた。みんなも同じデビュタントだ。

「ご機嫌よう。皆さん」

「ご機嫌よう。お久しぶりですわね。一足先に卒業してしまうなんて淋しかったです」

「そのドレス素敵ですわね。今夜は皆同じ色のドレスなので、違いがよく分かります」

早速、一際ファッションに目ざとい友人が、私のドレスを話題にする。

きたきた。待ってました。

「うちの領地で作っている生地です。今日は母も王妃殿下も同じ生地なんですよ」

見ると、母も王妃殿下も夫人や令嬢に囲まれている。

ドレス生地の広告はバッチリだ。

対して、リカルド様に何か言ってくる奴は今のところ一人もいない。

もう十年も前のことだし、どうでもよくなったのかな。

そう安堵《あんど》した時だ。

「殿下。お久しぶりです」

品の良い中年貴族が近づいてきた。

誰だ？

「お元気そうで良かったです。先日は娘の嫁《とつ》ぎ先《さき》にお気遣いいただき、ありがとうございました」

娘の嫁《とつ》ぎ先《さき》ということは、ポーレッタさんのお父様か？

「エバミール侯爵閣下、もう殿下はおやめください。私は臣籍降下した身です」

リカルド様がそう言うと、エバミール侯爵閣下は首を横に振った。

「私たちエバミール家は今でも殿下を支持しております」

「ありがとうございます。ですが、私ではなく弟を支持してもらえると嬉しいです」

「殿下がそうおっしゃるのでしたら」

ポーレッタさんのお父様は別にリカルド様を恨んでいないんだな。むしろ感謝しているようだ。

穏やかな気分で二人の話を聞いているところに、不意に声をかけられる。

「ミディアローズ嬢、お久しぶりね」

あっ、嫌な奴が来たよ。

「これは、これは、マリアンナ嬢。ご無沙汰しております。本日はデビュタントおめでとうございます」

私はとりあえずカーテシーをしておいた。

声をかけてきたのは、大嫌いなマリアンナ・メンドン。公爵令嬢だ。

淑女学校時代の同級生で、公爵の娘だから偉いと勘違いした、人にマウントを取ることに人生をかけている選民意識の強い女。

王太子妃を目指しているらしいが、こんな奴が王妃になったらこの国は終わる。

彼女は私の挨拶《あいさつ》を無視して、自分の要望を突き付けた。

「貴女《あなた》、王太子殿下のお兄様とご結婚なさったのでしょう？　ご主人を紹介してくれませんこと？」

私は内心でため息を吐《つ》きつつ、笑顔でリカルド様の腕にそっと自分の手を乗せる。

「リカルド様、こちらはメンドン公爵令嬢です。マリアンナ様、主人のフェノバール公爵ですわ」

マリアンナはリカルド様に気持ちの悪い笑顔を向けた。

「メンドン公爵が長女、マリアンナでございます。ミディアローズ嬢のような女性を娶《めと》らされるなんて、お可哀想。あんな事件を起こさなければ、今頃は王太子でしたのでしょう？　そのままでしたら、私が結婚してあげましたのに」

その言葉に、私はカッとなる。

「不敬ですわ！」

頭にきた。

あんな事件を起こしたとは、なんて言いぐさなんだ！　別にあんたやあんたの家族が被害に遭《あ》ったわけじゃないだろう。

「ミディア、いいよ。気にしてないから」

リカルド様が優しく私の肩を撫《な》でてくれる。

リカルド様は優しいが、こんな女に偉そうに言われる筋合いはない。

「私は自分の妻がミディアで幸福ですよ」

「強がりをおっしゃって。こんな下品な女ですよ。まぁ、フェノバール公爵閣下はもう終わった方ですものね。こんな女がちょうどよろしいのでしょう。私が王太子妃になったら、少しは助けてあげましょうか？」

「結構です」

リカルド様が無表情で冷たく言い放つ。

「まぁ、無礼な！　私を誰だと思っているの！　もう二度と夜会になど出られないようにして差し上げるわよ。大体、恥ずかしげもなくよく社交界に出てこられましたわね。被害者が泣いていましてよ」

殺す！　絶対殺す‼　どっちが無礼だ！　だいたい、ポーレッタさんは泣いてない！

私が一歩前に出てマリアンナを殴ろうとしたその瞬間、彼女の背後から冷ややかな空気が流れてきた。

「護衛騎士！　この女を捕らえて牢に入れなさい。メンドン公爵！　いるかしら⁉」

王妃殿下が鋭い声で叫ぶ。

殿下のあんな怖い顔は初めて見た。

メンドン公爵らしき人が慌てて出てくる。

「申し訳ございません。まだ分別のつかない子供の言ったこと。今回は私の顔に免じてお許しくださいませ」

彼は床に額《ひたい》を擦《こす》り付《つ》けて謝るフリをした。

王妃殿下には見えないかもしれないが、伏せている彼の顔の表情が私には見えるので、演技なのがバレバレだ。

「――メンドン公爵、令嬢は先程デビューの挨拶《あいさつ》をした。もう子供ではないぞ。それに娘が言っていることは、親のそなたたちが彼女の耳に入れたことであろう？　十年前の出来事でメンドン公爵家にはなんの迷惑もかけてはおらん。公爵にそのように言われる筋合いなどないわ」

お～、国王陛下まで出てきた。

私がちょっと驚いてぼーっとしていうちに、エバミール侯爵が一歩前に出る。

「国王陛下。発言してもよろしいですか？」

「許す」

国王陛下が鷹揚《おうよう》に頷《うなず》いた。

エバミール侯爵は会場中の貴族たちを睨《にら》みつけるように見回し、重々しく口を開く。

「私の娘はフェノバール公爵閣下の元婚約者です。娘は泣いてなどおりません。その女は何を知っているのでしょう。娘は幸せに暮らしておりますし、閣下には感謝こそすれ、恨むなどあり得ません。未だになんの関係もない方々が色眼鏡で見るなど笑止千万。私たちエバミール侯爵家一同はフェノバール公爵閣下を支持しているのです。今度閣下に失礼なことを申す者がいましたら、このエバミール家を敵に回すとお思いくださ い」

堂々とした態度だ。

ポーレッタ様のお父様は凄《すご》いな。そんな人がリカルド様の味方をしてくれて頼もしい。

すぐにマリアンナとメンドン公爵は護衛騎士たちに連れていかれた。

「皆の者、騒がせて申し訳なかった。邪魔者は消えたので、夜会の続きを楽しんでくれ」

国王陛下がそう告げると音楽が鳴りはじめる。何事もなかったかのようにパーティーが再開された。


「――ミディア、話があるんだ。ちょっとついてきてくれるかな？」

リカルド様にそう言われ、私たちは夜会を中座して休憩室に向かった。

休憩室といっても、王族専用の部屋だ。

「リカルド様、私のせいで嫌な思いをさせてしまってすみません」

部屋に入ってすぐ、私は先程の馬鹿女のことを謝る。

「そのことなんだけどね。……隠していてごめん。あれは、メンドン公爵家を嵌《は》めたんだよ」

リカルド様が申し訳なさそうな顔でこちらを見た。

は？　嵌《は》めた？　意味が分からない。

「夜会が始まる前に頼まれたんだ」

頼まれた？

誰に？　何を？

その時、突然、部屋の扉が開き、見たことがある気のする顔立ちの青年が部屋に入ってくる。

「義姉上《あねうえ》、黙っていて申し訳ない。私が兄上に頼んだんだ。実は、あの親子が私にまとわりついて困っていた上、彼らは私の婚約者候補たちに危害を加えていたし、国としてもあの公爵家をなんとか排除したかったところに、あの女が義姉上《あねうえ》に学生時代から敵対心を持っていたと聞き、きっと何かやらかすと思ってね。兄上に煽《あお》るように頼んだ。兄上にあそこまで酷《ひど》いことを言うとは予想外だったけど、上手《うま》く潰せそうで良かったよ」

ちょっと待って。何がなんだか分からないわ。

そして、私を義姉上《あねうえ》と呼んでいるこの人は誰？

なんだか頭がこんがらがってきた。

「ミディア、大丈夫か？」

リカルド様が心配そうに私の顔を覗《のぞ》き込《こ》んだ。

「私は大丈夫です。リカルド様こそ、あんなことを言われて大丈夫ですか」

「私は大丈夫だよ。慣れてるし、それに自業自得だから」

「何が自業自得なんですか!!」

私は腹が立ってきた。

「ちょっとあなた！　なんでリカルド様を利用したの!?　あそこまで酷《ひど》いことを言うなんて予想外だとか言ってたけど、あの女は言うわよ。あの女から嫌な目に遭《あ》わされているなら、それくらい分かるでしょ！」

頭にきて、青年の襟首《えりくび》を掴《つか》む。

「まぁまぁ、ミディア落ち着いて。私のために怒ってくれるのは嬉しいけど、本当にいいんだよ」

リカルド様が穏やかな口調で私を宥《なだ》める。

そんなんでは、全く私の気は収まらないけれど……

「何がいいんですか！　リカルド様、人がいいのもたいがいになさいませ。自分が傷付くことが贖《しょく》罪《ざい》になるなんて馬鹿みたいなこと思ってないでしょうね！　贖罪《しょくざい》なんていらないんです！　エバミール侯爵が言っていたではありませんか、恨んでないと。あの魔法の後遺症に未だに苦しんでいるのに。夜もうなされるくらい心も辛《つら》いのに。もう自分に優しくしてください」

それにしてもこの青年、本当に王太子か？

「あなたね、国王になっても、何かめんどくさいことがあったらリカルド様を利用するの？　自分は何もしないでリカルド様を囮《おとり》にするの！　あの女のことだって、あの親のことだって、あなたの問題でしょ！　王太子のくせに自分で解決できないのかしら！　リカルド様はね、笑っているけど傷付いているのよ。なんで弟のあなたに傷付けられなきゃいけないの！　リカルド様があなたに何かした？　何か言いなさいよ！」

くってかかる私に、王太子は黙っている。

「ミディア、本当にいいんだよ。クリストファーは自由な次男だったのに、私のせいで急に王太子になった。予想外に次期国王になったから大変なんだ。妻も自分で選べない。時には、あんな邪《よこしま》な人たちが取り入ろうとしてくることすらある。私が魔法にさえかからなければ、クリストファーにこんな面倒をかけることはなかった。クリストファーは私の犠牲者なんだ」

もう、ほんとにこの人は……

「クリストファー殿下。王太子が嫌なの？　だったら辞めればいいじゃない。弟殿下もいるし、国王陛下は若いからまだまだ長いこと在位できるわ。なんならうちの子供を国王にしてもいいし。本当にやりたくないなら、どうすればやらなくていいか考えなさいよ！　リカルド様を恨んでんじゃねぇよ！」

そこに突然、声をかけられる。

「ストップストップ！　気になって覗《のぞ》いてみたら、ミディア様やっぱり暴走してますね」

アーサー様が部屋に顔を出した。彼の後ろには国王陛下と王妃殿下もいらっしゃる。

あっちゃー。頭に血が昇ってやらかしてしまった。

「落ち着いたみたいだな」

国王陛下が苦笑いした。

「頭に血が上りました。申し訳ございません。不敬罪で処罰してくださいませ」

私は頭を下げる。

「ミディアちゃん、顔を上げて。あなたは悪くないわ。悪いのはクリストファーと私たちよ。そこまでリカルドのことを思ってくれているなんて嬉しくて涙が出る。クリストファー、本当に嫌なら王太子は辞めていいのよ。うちにはまだアンソニーもウィリアムもいるもの。それにミディアちゃんの言うとおり、リカルドの子供が後を継いでもいいし。あなたが王太子になったのは、リカルドのせいじゃないいじゃない。あなたがやりたいと言ったからなのに」

王妃殿下が優しい言葉をかけてくれた。そしてクリストファー殿下を見る。

彼はバツの悪そうな顔になった。

「義姉上《あねうえ》、申し訳ありません。私が浅はかでした。兄上は慣れてるから大丈夫だと思い込んで、兄上の気持ちなど考えもしなかった。それに後遺症に苦しんでいることも知らなかった。私が王太子になってもいいと言ったのは、王太子になればポーレッタ嬢と結婚できると思ったからで、結局、ポーレッタ嬢は他の人と結婚した。私は何をやっても兄上には敵《かな》わない。エバミール侯爵のように未だに兄上を慕《した》う上位貴族も多い。もう表舞台から姿を消して十年になるのに、私ではなく兄上が望まれているんだと妬《ねた》ましく思っていたのは事実です」

そんな理由で王太子になりたいと言ったのか。

クリストファー殿下の言葉に、呆《あき》れる。

でも、王太子にも劣等感やら色んな葛藤《かっとう》があったんだな。

「私ではなく、リカルド様に謝ってください。そしてもう二度とあなたの事情にリカルド様を巻き込まないで」

「兄上申し訳ありませんでした」

クリストファー殿下がリカルド様に頭を下げる。これで、一応、一件落着だろう。

冷静になると、なんだか恥ずかしくなってきた。

「私は不敬を働いたので、屋敷に戻って謹慎することにします。それでは皆様、失礼いたします」

有無を言わさずそう宣言して、私は覚えたての移動魔法で逃げた。

王宮でやらかしてしまった私は、恥ずかしくなって屋敷に逃げ帰ってきた。

「あら、ミディア様、お早いお帰りですね。皆様は？」

ハンナが出迎えてくれる。

「また、やらかしちゃったの。恥ずかしくなって移動魔法で逃げてきちゃった」

彼女の顔を見て、私はへへへと笑う。

「それはそれは……。それにしてもミディア様、もう移動魔法が使えるようになったのですか？　天才ですね」

ハンナは私のやらかしについてはほとんど何も反応せず、移動魔法を使ったことに驚きを見せた。

そっちかい！

「では、お腹《なか》がすいているのではありませんか？　料理長に何か作ってもらいましょうね」

感心しながら、私の世話をやいてくれる。

ありがたい。やれやれと思ったらお腹《なか》がすいてきた。

ハンナに手伝われて、いつもの楽ちん服に着替える。

コルセットよ、さようなら。

暫《しばら》く、つけることはないな。

すっきりとした気分でダイニングに向かい料理長が作ってくれた具沢山《ぐだくさん》スープを食べていると、ガヤガヤと屋敷内が騒がしくなった。

みんなもう帰ってきたのか？　ゆっくり夜会を楽しめばいいのに。

「――ミディア、ただいま」

リカルド様がダイニングに顔を出す。

「お帰りなさいませ。先程は申し訳ございませんでした。加えて、勝手に先に戻ってしまい、すみません」

私は彼に頭を下げた。

「これを食べたら謹慎します」

「謹慎なんかしなくていいよ。母からお菓子をたくさん貰《もら》ってきたんだ。誰も怒ってないから大丈夫だよ」

「リカルド様も怒ってないですか？」

私がそう尋ねると、リカルド様は首を傾《かし》げた。

「私が？　どうして怒るの？　ミディアは間違ったことは言ってないよ」

「もう、リカルド様、私を甘やかさないでくださいませ。つけあがります」

彼はクスクス笑っている。

「なんだ、反省して謹慎しているのかと思ったら食べてるんですか？」

続いてダイニングに入ってきたアーサー様は、呆《あき》れたように苦笑した。

そして――

えっ？　なんで？　なんでいるの？

「義姉上《あねうえ》、先程は申し訳ありませんでした。今日から暫《しばら》くお世話になります」

クリストファー殿下が私に頭を下げた。

クリストファー殿下、暫《しばら》くお世話になりますって、何？

「ミディア、クリストファーは自分を見つめ直したいらしいんだ。今日からうちに滞在して、暫《しばら》く我が領地で働いてもらうことになった」

いや、なんで王太子がうちで働くのよ！

驚いた私は、つい思ったことを口に出す。

「クリストファー殿下、王太子を辞めるのですか？」

あっ、またいらんことを言ってしまった。

「それを考えるためにここに来ました。よろしくお願いします」

面倒だな。ため息が出るよ。

「不敬罪とかは、なしですよ。私はきついことを必ず言います」

「バンバン言ってください」

兄がMだから弟もMなの？

「分かりました。では、明日からバンバン働いてください」

私は諦《あきら》めた。

もうなんでも来いだ。

「明日からクリストファーにはアーサーについて、領地を回ってもらおうと思うんだ。アーサーと

「クリストファーは友達だしね」

リカルド様はそう言うが、アーサー様とクリストファー殿下が仲が良いなんて聞いたことがなかった。

「そうだったのですか？」

私が確認すると、アーサー様は苦笑する。

「友達というか、一応側近候補だったのです。ただ私が世を拗《す》ねて引きこもっていたので、お会いするのは久しぶりでした」

そうか、確かにアーサー様は家柄がいいものね。王子の側近候補でもおかしくない。

「それじゃあ、アーサー様にクリストファー殿下のことはお任せします。クリストファー様もフェノバール領が良くなるように一緒に考えてくださいね。身体も頭も心も動かしてね」

「はい。義姉上《あねうえ》、よろしくお願いします」

クリストファー殿下は私に頭を下げた。

王太子に頭を下げられても困るわ。

もう夜も遅い時間になってきたので、解散となる。クリストファー殿下はとりあえず客間に泊まってもらい、私たちも寝室に行った。

寝室に入ると、リカルド様がシュンとしながら私の顔を見る。

「ミディア、クリストファーを勝手に連れてきてしまって、すまない。父母に頼まれて断れなかったんだ」

「大丈夫ですよ。リカルド様が謝ることはありません。リカルド様が嫌なら帰ってもらいますけど、嫌ですか？」

「いいや。私にとっては実の弟だし、クリストファーには苦労をかけてるからね」

「苦労はクリストファー様が勝手にしてるだけです。リカルド様、後ろ向くのはもうやめましょう。あなたはもっと自己中でいいんです。リカルド様は周りのことを考えすぎです。あなたが今一番考えないといけないのは、ご自分のことととこの領地のことです。その他のことは考えなくていいです。それらのことは、それに関わる人が自分で考えます」

リカルド様は本当に優しい。次期国王だったために、自分より周りのことを考えるように教育されていたのだろう。もっとわがままで欲深くて邪《よこしま》でもいいのに。

私がそう言うと、リカルド様は私の頭に大きな手を乗せて、顔を覗《のぞ》き込《こ》んでくる。

「私が一番考えないといけないのはね、ミディアのことだよ。もっとミディアと仲良くなりたいし、ミディアのことを知りたい。どうしたらミディアが私を好きになってくれるか考えてるのに、なかなか良い案が浮かばない」

も～、真顔で何言ってるのよ。恥ずかしいじゃない。

私は顔に熱が上りそうになっているのを、慌てて手を振って誤魔化《ごまか》す。

「もう、寝ましょう。今日は色々あって疲れましたね。明日も朝早く起きて鍛錬《たんれん》しましょう」

「そうだね。寝ようか。明日はジャックのところに行こうと思うんだ。一緒に行ってくれるかな？」

リカルド様はくすっと笑って、話題を変えてくれた。

ジャック様のところ？　何しに行くんだろう？

「もちろんです。どこにでもお供しますよ」

私はしっかりと頷《うなず》き、にっこり笑った。

「それにしても、今日のミディアは綺麗だったなぁ。みんな見惚《みと》れていたよ」

本当に何を言ってるんだ、この人は？

「何言ってるんですか、ほらほらもうベッドに行きますよ。おやすみなさい」

「おやすみ」

恥ずかしくなってきたので、私は急いでベッドに飛び乗り魔法で灯りを消してから布団に潜《もぐ》った。


次の日は朝から良いお天気だった。

私とリカルド様はいつものように朝の鍛錬《たんれん》をする。お誕生日にリカルド様から貰《もら》った剣はとても使いやすい。

腕が上がったような錯覚に陥《おちい》りそうで、ヤバいな。

「クリストファー様は朝の鍛錬《たんれん》をしないのですか？」

「クリストファーはどうだろう？　昔はしてなかったから、今もしないのかもしれないね」

「身体を動かすのが苦手なのですか？」

「うん。そうだと思う」

そうなのか。

気持ち良いのに。

鍛錬《たんれん》を終えて着替えをしてからダイニングに向かうと、既《すで》にクリストファー殿下とアーサー様が席についていた。

「義姉上《あねうえ》、おはようございます。鍛錬《たんれん》をされてるのですね。アーサーから聞いて驚きました」

「おはようございます。明日からクリストファー様も一緒にやりませんか？　気持ちいいですよ」

「お誘いは嬉しいのですが、朝は苦手でして」

クリストファー殿下を誘うと、彼はそれを断った。

早起きも苦手なのか？　困った人だ。

今日は朝ご飯を食べた後、クリストファー様はアーサー様と養蚕《ようさん》農家のゴードンさんのところへ行く予定だ。

そこで絹の生産を増やす相談をする。

クリストファー殿下が王太子ということは内緒にして、クリスさんとして領地の人たちと接してもらおう。

とりあえず、一ヶ月はうちにいるみたいなので、色々やってもらおうと考えている。

ただ、力仕事は苦手かもしれないな。


「――ミディア、そろそろ行こうか」

食事を食べ終え、のんびりしているところを、リカルド様に呼ばれた。

今日はジャックさんのところに行く。

リカルド様は昨日の夜会でジャックさんのお父様からお手紙を預かったそうで、それを渡しに行きたいそうだ。

「ジャックさん受け取りますかね？」

「分からないけど、とにかく渡さないとね」

ジャックさんは廃籍《はいちゃく》されて以降、全く家族には会っていないらしい。リカルド様が手紙を言付《ことづ》かったのは初めてだという。

ジャックさんのお父様は事件後すぐに責任をとり、騎士団長を辞めて領地にいる。代々騎士の家門だった家は今、騎士と関係がなくなってしまったそうだ。

手紙の内容が気にならないと言えば嘘になるが、私は首を突っ込まないほうがいい。

それ以上の追及はせず、リカルド様と一緒にジャックさんの家に向かった。

「ジャックいる？」

リカルド様がジャックさんの家のドアを叩《たた》くが、答えはない。

何度も叩《たた》いたのに、音もしなかった。

「どこかに出かけたのかしら？」

「そうかもな」

「出直しますか？」

「うん。そうだね。そうしようか」

仕方なく、私たちは帰ろうとする。

「ジャック！　いないのか！」

リカルド様が最後にもう一度、声をかけた。そして念のためにドアノブに手をかける。

すると、鍵がかかっておらず、ドアがあいてしまう。

そこから見える範囲に、ジャックさんの姿はない。

ふと足元に視線を落とすと、ジャックさんが倒れていた。

私たちは慌てて彼をベッドまで運び、移動魔法でチャーリー先生に来てもらう。

先生はジャックさんを診察して、首を左右に振った。

「ダメなのか？」

リカルド様が尋ねる。

「ダメだな」

チャーリー先生はそう言って肩を震わせた。

泣いてるの？

そう思った直後、「くっくっくくく」という音が聞こえる。

「栄養失調と飲酒過多だな。要するに空《す》きっ腹《ぱら》に酒を飲んでぶっ倒れた」

なんだ、笑っていたのか。

チャーリー先生は呆《あき》れたように説明を続ける。

「こいつ、飯を食ってないようだ」

「食べるものがなかったのか?」

「さぁな。死にたいなら死ねばいいが、他人に迷惑をかけるな」

リカルド様の質問に答えるチャーリー先生は、マジで怒っているようだ。笑ったり、起こったりと、忙しい人だな。

「自ら病《やまい》になるような奴は知らん。ちゃんと飯を食べて働けば元気になるのに」

先生の声は殊《こと》の外《ほか》冷たい。

確かにチャーリー先生の言うとおりだ。私もそう思う。

「リカルドもいい加減にこんな奴、見限ればいいんだよ。ジャック! いつまで燻《くすぶ》っているつもりだ。辛《つら》いのはお前だけじゃねぇぞ」

チャーリー先生はそう言ってジャックさんの頭を小突《こづ》いた。ジャックさんは顔を歪《ゆが》ませている。意識があるのかないのかよく分からない。

「昨日、ジャックの父上から手紙を預かったんだ。今日はそれを届けにきたんだが、どうしたものだろうか」

「置いていけばいいじゃないか。読みたければ読むだろうし、読みたくなければ読まないだろう」

チャーリー先生はリカルド様のようにはジャックさんに優しくしないようだ。優しさの表し方はそれぞれに違う。

「昨日聞いたんだが、前団長が西の辺境の地に行くみたいなんだ。前の西の辺境伯が亡くなって誰も管理する人がいなくなり、あの土地は王家の直轄《ちょっかつ》になっていたのだけれど、守りを強化するために国王が前団長に頼んだらしい」

　リカルド様がチャーリー先生に言う。

「西を死に場所にしろってことか？」

「まさか、本当に守りを堅めたいだけだろう」

「まぁ、どちらでもいいが、ジャックも親父さんと一緒に行ったらどうだ。平民だから一兵卒として働いて来いよ」

　リカルド様の言葉を聞いてそう言い、チャーリー先生はまたジャックさんを小突《こづ》いた。

　今、西の辺境の守りは緩《ゆる》く、我が国は西側の国から狙われているらしい。平和な国だと思っていたのに、危機はどこにでもあるようだ。

　暫《しばら》くジャックさんを見下ろしていたチャーリー先生は、反応がないのを見てリカルド様に向き直る。

「それにしても西側か。まぁ、俺たち平民には政治のことは分からないが、無益な争いはしないでほしいな。あの頼りない王太子で大丈夫なのか？」

　気になるのは、クリストファー様のことなのか？　チャーリー先生から見たら頼りないんだな。まぁ、私から見ても頼りない。

「クリストファーか……」

　リカルド様も口が重い。

「まぁ、どうでもいい。こいつのこともほっとけばいいからな。ジャック！　いい加減にしろよ！

まともに働いてもいないお前を赦《ゆる》す女なんていないからな」

チャーリー先生はそんな言葉を残し、ジャックさんの家を出た。

「ジャックは大丈夫みたいだし、私たちも行こう。ジャック、手紙置いとくから」

リカルド様に促《うなが》されて、私も外に出る。

実はジャックさんは意識があって会話を全部聞いていたとは、私は気づきもしなかった。

第六章

西の辺境の地の話は初めて聞いた。

我が国はそれなりに豊かな国なのだが、他国の事情は色々だ。もし、西側から攻められたら、大変なことになるかもしれない。

けれど、今の私にはどうすることもできなかった。

「西の辺境の地を守るために私も何かできないでしょうか？」

屋敷に戻ってすぐ、私はリカルド様に聞いてみた。

「今はないよ。ミディアと私は今ここで踏ん張ることが一番。実はね、いずれは我が領地にも騎士団を作りたいんだ。自衛のために、ランドセン侯爵家のように強い騎士団を作りたい。私も領地経営をちゃんとして利益を出し、領民たちを幸せにしたい。ランドセン領のようにしたいんだ。義父《ち》上《うえ》のように素晴らしい領主になりたい。だからミディア、私を信じてほしい。まだミディアから見たら頼りないと思うけど、頑張るから」

リカルド様は真っ直ぐにこちらを見て力強く言う。

お父様のような領主？　お父様ってそんな凄《すご》い人なの？　リカルド様、勘違いしてない？

「リカルド様、今以上には頑張らないでください。既《すで》に頑張りすぎです。私はリカルド様を信じてますよ。もっと人を動かしましょう。私は、我が領地にはもっとリカルド様の手足になって動いてくれる人が必要だと考えています。今は、セバスチャンやマイク、アーサー様くらいしかいませんが、農地や産業を育てながら人も育てましょう。騎士団についてはランドセン家の騎士団長を引き抜きましょうか？　リカルド様のファンだし、きっと喜びます。……ジャックさんもなんとかなるといいですね」

「ジャックか。正直な話をするとジャックのことはもう諦《あきら》めているんだ」

ジャックさんの名前が出た途端、リカルド様のテンションが急激に下がる。

彼の口から「諦《あきら》める」なんて言葉が出たので、私は驚いた。

「ジャックはもうダメだ。私もチャーリーも今までさんざん力になろうとした。この領地で一緒に頑張ってほしくて。ジャックは騎士に未練があるんだよ。河川《かせん》工事の人足や農業をやっても真剣になれない。だったら騎士で頑張ればいいと剣を渡してみたけど、剣を持つと当時を思い出して手が震えるんだそうだ。あの事件を乗り越えない限り、剣はもう持てないだろう」

「それで自暴自棄に？」

「加えて、今までは私も一人だったから、まだよかったのかもしれない。だが、私がミディアと結婚して幸せに過ごしているのが面白くないようだ。前より酒量が増えてる」

同じように不幸なはずのリカルド様やチャーリー先生が前を向いているのが眩《まぶ》しいのかな。

気持ちは理解できないこともないが、結局、自分の人生は自分次第だもの。本質的には、リカルド様がどう生きようが関係ない。

そもそも、リカルド様は私が来る前から領地を良くする努力をしていた。チャーリー先生だって自力で前を向いている。

それに、ジャックさんは私にやきもちを焼いているのだろう。リカルド様がジャックさんを構わなくなったからね。

私やアーサー様、クリストファー様まで屋敷に来て、最近のリカルド様は忙しい。

ジャックさんも一緒に忙しく動けばいいのに拗《す》ねてお酒に逃げているのだ。

あのままでは元婚約者に会って赦《ゆる》してもらってもダメだろう。上手《うま》くいかないことがある度に、彼女に八つ当たりするはず。

どうすれば彼は前を向けるのだろう？

「……リカルド様、もう、ジャックさんのことはジャックさんに任せましょう。ジャックさんがやる気になったらいくらでも手を貸してあげればいいですよ」

「そうだね」

リカルド様は辛《つら》そうだ。

でもジャックさんのことはほっておいたほうがいい気がする。西の辺境の地へ行くと決めてくれるなら、それが一番いい。

「リカルド様、ジャックさんと私、どちらが好きですか？」

「えっ？」

「じゃあ、ジャックさんと私のどちらかしか助けられないとしたら、どちらを助けます？」

気分を変えようと、私は変な質問をしてみた。

「もちろんミディアだよ」

「良かったです。ミディアは助けなくても一人でなんとかしそうだなんて言われたら、凹《へこ》むところでした」

「ミディアはか弱い女の子だもの。ほら手もこんなに小さい」

リカルド様が私の手を取る。

「私はいつも、どんな時でも、ミディアを守るよ」

「嬉しいです。私もリカルド様を守りますよ」

リカルド様がジャックさんを気にしているのは分かるけど、今は切り捨てる勇気が必要な時に違いない。

お父様ならこんな時どうするのだろう？

リカルド様が何故《なぜ》か尊敬しているお父様の意見を、私は聞いてみたくなった。


リカルド様とジャックさんの家を訪ねてから一月程たったある日。

私たちは畑に新しく植え付けをした。

綿と麻の農地での作業を終え、夕方に屋敷に戻る。

「リカルド様、ミディア様、クリストファー様が消えました！」

一息つく暇もなく、アーサー様が私たちの姿を見つけて駆け寄ってきた。

「クリストファー様が？」

「音を上げて帰ったのか？」

リカルド様が呆《あき》れたような声を出す。

いや、音を上げるって、別に何もしていないでしょ？

「朝食の後、何も言わず出かけたきり戻ってこないので心配になって魔力で捜しているのですが、痕跡がないのです。意図的に誰かがクリストファー様の気配を消しているとしか思えません」

自分で姿を消したのでないなら、誘拐されたってこと？

しかし、クリストファー様を誘拐しても利はないと思う。

私は首をひねった。

その時、新たな人物が屋敷に飛び込んでくる。

「リカルド！　ジャックを知らないか？　近くの爺さんのところに往診に行ったついでに覗《のぞ》いたら、いないんだ。どこかに出かけているだけならいいが、家の中が荒れていた。あいつが酔っ払って暴れたのかもしれないけど、なんか気になってな」

チャーリー先生だ。往診の帰りらしい。

ん？　ジャックさんもいないの？

私は、隣で困惑《こんわく》したような顔をしているアーサー様に声をかけた。

「アーサー様、ジャックさんがどこにいるか分かる？」

彼にジャックさんの痕跡を確認してくれないかと頼む。

「詳しく追跡ができる魔道具を取ってきます」

アーサー様はそう言って席を外した。玄関ホールにはリカルド様と私。そしてチャーリー先生だけになる。

「全く人騒がせな奴だ……」

チャーリー先生が苦々しい表情で呟《つぶや》いた。

「お待たせしました」

アーサー様が四角い箱のような形の石を持って戻ってくる。

彼はさっそくその魔道具を使って、ジャックさんの気配を追う。

「う～ん、消えてます。おかしいですね。ジャックさんは、クリストファー様の痕跡が消えたのと同じところで消えています」

「いつから消えたの？」

「二人とも同じくらいの時間。う～ん、朝の十時頃ですね。消えた場所は二人ともジャックさんの家です」

「じゃあ、クリストファーとジャックが一緒にいるということか？」

リカルド様が首を傾《かし》げる。

「クリストファー様がジャックさんの家に行って、一緒に消えたということ？」

何故《なぜ》、クリストファー様はジャックさんの家に行ったのだろう？

「二人は知り合いだったの？」

私はリカルド様に聞いてみた。

「いや、接点はなかった気がするが」

彼は難しい顔で答える。

「どういうことだ？」

チャーリー先生が尋ねた。

「実は、クリストファー様も先ほどから消えておりまして、その痕跡を探っていたところだったのです」

リカルド様とアーサー様がクリストファー様もいなくなっているのだと説明を始めた。

「しかし、二人に接点はないのだろう？」

「うん。この領地に来てからは顔を合わせていないはずだし、元々、会ったことくらいはあるだろうが、仲が良かったというわけでもない」

「はい。私の知る限りでも、学生時代を含め、接点はないですね」

チャーリー先生の問いにリカルド様もアーサー様も首をひねる。

「……だが、ジャックの弟とクリストファー殿下は近しくなかったか？」

「ジャックの弟？」

チャーリー先生の言葉に、リカルド様が驚く。

私もちょっとびっくりした。

ジャックさんには弟がいたのか。

「たしかに、クリストファー殿下とジャックの弟、ミゲルは仲が良かったです。しかし、あの後、ミゲルは遠縁に養子に行きました。私は引きこもったので詳しくは知りませんが、彼も王都にいづらかったようです」

クリストファー様の側近候補だったアーサー様がジャックさんの弟のことを知っていた。

それにしても魅了の魔法は当事者の兄弟の人生も変えてしまっている。あまりにも影響が大きい。

私はこの事件のことを本当によく知らなかった。

「ジャックはともかく、クリストファー殿下が行方不明になったことは、王宮に知らせて指示を仰《あお》ぐしかないな」

チャーリー先生とアーサー様が今後の方針を提案する。

「そうだな。それにしても、クリストファーはどうしてジャックのところに行ったのか？　私は全く気がつかなかった。領主としても兄としても失格だ」

リカルド様がまた自分を責めた。

よくない兆候に、私は急いで彼の言葉を否定する。

「リカルド様は悪くありません。もう成人した弟のことなんて気づかなくても仕方ありません」

「そうだな。奥方の言うとおりだ。これはリカルドのせいじゃない。領地の他の者に被害は出てないんだろう？　なら、領主の責任ということもない」

チャーリー先生もそう言ってくれた。

「ジャックの家族と連絡を取ってみてくれ」

なんとか気分を持ち直したリカルド様がセバスチャンに頼む。

「分かりました。アーサー様、クリストファー様やジャックさんの消えるまでの足取りなど、なんでもいいから手がかりを見つけられませんか？」

セバスチャンはアーサー様に情報を増やせないか尋ねる。

「そうですね。やってみます」

アーサー様が頷《うなず》いた。

大変な事件じゃありませんように、と私は天に向かって手を合わせた。

暫《しばら》くして、アーサー様の魔法の準備が整う。

「――今からクリストファー様の意識に入ります。皆さんはこの水晶に映る映像を見ていてください。では、行きますよ」

彼は水晶でできたお皿のようなものをテーブルに置き、何やら呪文を唱えると、指をパチンと鳴らす。

ぼんやりと少し前のクリストファー殿下の映像がお皿に浮かんでくる。

その映像を見ていると頭の中にクリストファー殿下の心の声が聞こえてきた。

◇　◇　◇　＊クリストファー

私はここ数日、自分を見つめ直すために兄上のところに居候《いそうろう》をしていた。

兄上は私など足元にも及ばない優れた人間だ。

魅了の魔法をかけられたばかりに約束された未来を棒に振ったが、自力で信用を取り返している。

そんな兄が最近、超パワフルな令嬢と結婚した。

若い彼女を侮《あなど》っていた私は、実際に彼女に会った際に自分の未熟さを指摘され、頭から冷水をぶっかけられたような気持ちになる。

情けない。

私の側近候補だったアーサーも兄上夫婦によって衝撃を受け、それまでの自分を変えられた。今は兄上夫婦に仕《つか》えている。

私は自分探しのため、兄上の領地で仕事をさせてもらうことにした。私にできる仕事などたいしてないが、それでも一生懸命真面目にやろうと決める。

そんな時、私は見てしまった。私の親友の兄、ジャック・モダフィニルの姿を。

親友のミゲルは騎士団長の息子で将来は騎士になるはずだった。

しかし、ミゲルの兄のジャックさんが兄上と同じように魅了の魔法にかかって、騎士にあるまじき行為をしてしまう。そのせいでジャックさんは廃籍《はいちゃく》された。

結果、彼の父親も責任を取って騎士団長を辞めて領地に引っ込み、ミゲルは遠縁の養子になった。

ジャックさんの婚約者は心に傷を負い、今も彼女の家の領地で静養している。

そして、いつの間にかジャックさんは王都から姿を消していた。

元婚約者には今でもジャックさんの両親が慰謝料を送っているはずだ。彼女の家は貴族ではあるが裕福ではない。心の病《やまい》を患《わずら》う娘を支えるのは大変だろう。

現在、ミゲルはジャックさんを捜していた。ジャックさんが働いて彼女に払うお金を出すべきだ、と考えているのだ。

だから、兄上の領地でジャックさんを発見した私は、ミゲルに連絡した。

西の辺境の地にいたミゲルはすぐに移動魔法でやってくる。そして、酒に溺《おぼ》れて情けない姿になっている兄を見て言葉をなくした。

すぐに兄に食ってかかり、兄弟げんかに発展する。

「お前に俺の気持ちが分かるか！」

「分かりませんね。自分で何もしないで、周りに迷惑をかけているあなたの気持ちなど分かりません。いっそ野垂《のたじ》れ死ねばいい。こんなところにいたらリカルド様にご迷惑がかかります」

ミゲルはそう言い、ジャックさんの腕を掴《つか》む。

「殿下、ありがとうございます。こいつは西の辺境の地へ連れていきます」

そして、止める間もなく移動魔法で西の辺境の地へ飛んだ。

彼らがどうなるのか気になった私は後を追った。


「――なるほど、そういうことか」

「どうします？　追いかけますか」

「ほっとけ」

アーサー様の魔法により、クリストファー殿下とジャックさんが姿を消した事情が判明した。

リカルド様、チャーリー様、アーサー様は口々に色んなことを言う。

「このままクリストファー様の意識に入り、もう少し様子を見ましょう」

アーサー様が提案した。

それって人道的にどうなの？

「王家にプライバシーはない。それでいこう」

チャーリー先生が賛成する。

プライバシーはないって？　それはどうかと思う……

けれど、反対者は出ず、私たちはみんなで大きな水晶のお皿を再び覗《のぞ》き込《こ》んだ。

◇◇◇　＊ジャック

気がつくと見知らぬ場所にいた。

俺は確か酒に酔い、リカルドが与えてくれた家とは名ばかりの小屋にいたはず。

もう何もかも嫌だった。全てを忘れていたかったのに。

俺は幼い頃から騎士になるべく修業に励《はげ》んできた。

剣を持つのが好きだったし、剣しか取《と》り柄《え》がなかったから。

結果、王太子だったリカルドの護衛騎士として傍《そば》にいることが認められる。子供の頃から好きだった女と婚約もし、王立学校を卒業したら結婚する約束をとりつける。

俺の未来は輝いていた。

なのに、あの女のせいで全てが木っ端微塵《こっぱみじん》に砕け散る。

あの女に初めて会った時から俺は冷静でいられなくなった。

あの女が女神に思えたのだ。

彼女は俺を頼ってくれた。

俺を愛していると言う一方で、王太子に望まれているとも言った。

今思えば、側近たち全てに同じようなことを言っていたのだろう。

そして、俺の婚約者に嫌がらせをされていると訴えた。怪我をさせられたとも。

冷静になれば分かることだ。

慈悲深く優しい婚約者が、そんなことをするわけがない。

それなのに俺はその言葉を鵜呑《うの》みにし、婚約者に酷《ひど》い言葉を投げつけ、時には暴力も振るう。ついには、卒業パーティーの最中、大勢の前で断罪した。

俺の言葉に耳を貸さず、知らん顔をする婚約者の態度が許せず、剣を抜いて斬りつけようとしたのだ。教師たちに止められなければ、間違いなく彼女を殺していただろう。

その事件から暫《しばら》くして、俺たちはあの女に魅了の魔法をかけられていたのだと分かる。

魔法が解《と》かれた後、俺は一週間前後、意識が戻らなかった。

永遠にそのままだったら良かったのに。

意識が戻り、自分がやったことを全て思い出した俺は、生きていることを呪った。

父は責任を取って騎士団長を辞め、領地に引っ込む。弟は遠縁の養子になった。

俺は廃籍《はいちゃく》され平民になる。

婚約者は俺のせいで心と身体を病《や》み、療養することになったという。

俺は屋敷に何度も謝りに行ったが、門前払いだった。

あの時、彼女が俺の話を無視しているように見えたのは、俺に殴られたせいで片方の耳が聞こえなくなったからだと弟から聞く。

「兄上は一生、あの方に謝罪しなければならない。もちろん許してはもらえないでしょう。それでも一生慰謝料を払い、償《つぐな》い続《つづ》けろ」

そう言われた。

確かにそうだ。

婚約解消と名誉毀損《めいよきそん》、そして怪我をさせたことに対する慰謝料は父が払ってくれた。モダフィニル家が息子の不始末の尻拭《しりぬぐ》いをしたということになる。……結局、俺は何もしていない。

俺は働いて父に金を返そうと決めた。

しかし、何をやっても上手《うま》くいかない。

俺は剣しか取《と》り柄《え》がなく、他のことなど何もできなかった。

だが、そもそも悪いのは俺じゃない。魔法をかけたあの女だ。

だったら慰謝料もあの女が払えばいい。俺はあの女に操《あやつ》られていただけだ。俺も被害者なんだ。

ある日、辛《つら》い生活に耐えかねてそう言うと、弟に殴られた。

いつだって俺に憧《あこが》れ後をついてきた弟の、軽蔑《けいべつ》するような冷たい眼差《まなざ》し。

俺は何もかも嫌になって逃げた。

あちらこちらを放浪し、少し働いて金を作ったら酒を飲んで女を抱き全てを忘れる。

そんな生活を続けていたあの日、リカルドに会った。

リカルドは王太子を辞め、領主になっていた。

王太子を辞めても公爵か。結構な身分だな。

元々こいつの側近じゃなかったら、俺はこんな目に遭《あ》っていない。こいつさえあの女に騙《だま》されなければ良かったんだ。

まぁ、いい。こいつの傍《そば》にいれば酒くらい飲めるだろう。働くふりをしていれば、同情も買える。

どうせ俺はもう腐っている。元には戻れないのだから、このまま楽をしよう。

そう思い、俺は彼の領地に寄生することにする。

なのに、リカルドは結婚した。若い女がやってくる。

自分だけ幸せになるのか？　やっぱり腐っても王族。高貴な身分の奴は違うな。

リカルドの嫁は気の強い女だった。俺にきつい言葉を浴びせやがる。リカルドまで自分の嫁を庇《かば》った。

俺はお前のせいでこんなになったんだ。それなのに……

あの女が来てから面白くない。リカルドは以前のように俺に気を遣わなくなった。腹立たしい。

俺の酒量は日に日に増えていった。

チャーリーに酒瓶を取り上げられたが、酒を手に入れる手段などいくらでもある。

浴びるように飲んでは倒れ、を繰り返していたある日。

弟の声がした。

夢か？

夢の中でも俺を責めようとする弟に、たまらず叫ぶ。

「お前に俺の気持ちが分かるか！」

「分かりませんね。何もしないで、周りに迷惑をかけているあなたの気持ちなど分かりません。いっそ野垂《のたじ》れ死ねばいい。こんなところにいたらリカルド様にご迷惑がかかります」

確かにそうだな。野垂《のたじ》れ死ねたらどれほどいいか。

そう思っていると、目の前の景色が歪《ゆが》んだ。

「——今日からここで働いてもらう。逃げることもサボることも許さない」

次の瞬間、そこにいたのは弟のミゲルとクリストファー殿下、そして父上だった。

◆　◆　◆

ジャックさんがいなくなったいきさつを水晶を通して見た私たちはため息を吐《つ》いた。

「ジャックさん、行っちゃったね」

「良かったんじゃないか？　あのままここにいたら、あいつは絶対に変われない。リカルドが甘やかすからな」

チャーリー先生が厳しいことを言う。

「ミゲルがジャックさんを捜していたなんて知りませんでした」

アーサー様が呟《つぶや》いた。

そういえば、リカルド様はジャックさんのお父様から手紙を預かってきたと言っていたけど、お父様はジャックさんがここにいたことを知っていたのかな？

「リカルド様、ジャックさんのお父様はジャックさんがここにいることを知っていたのですか？」

私の問いにリカルド様は首を横に振る。

「ジャックのことだから、困ったら私を当てにするだろう。もし、そっちへ行ったら手紙を渡してくれ、と言われたんだ。何が書いてあったのかは知らない」

そういうことか。

「私は、ジャックさんはきっと立ち直ってくれると思っていたのですが……」

私がそう言うと、チャーリー先生はふっと笑った。

「奥方、あいつはダメだ。弱すぎるし、甘すぎる。騎士団長の家の嫡男《ちゃくなん》で子供の頃から剣の腕が立ったお陰で周りからチヤホヤされていたせいか、あいつは傲慢《ごうまん》だ。私やリカルドが注意しても、聞かなかったよ。悪い奴じゃないんだけどな」

「私も甘やかしてしまった。実は魅了の魔法にかけられる前に、あいつを側近から外す案があったんだ。家もあいつではなく、弟が継ぐ話が出ていたようだ。それを私がもう一年様子を見ようと言ってしまった。あの時、切っていたら、あいつは魅了の魔法にかからずに済んだかもしれない。そしたら婚約者もあんな目に遭《あ》わずに済んだのに……」

リカルド様が俯《うつむ》く。

「リカルド様は悪くない!!」

私は思わず大きな声を出していた。チャーリー先生がそれに賛成してくれる。

「そうだな。リカルドは悪くない。それに今だから言うけど、婚約者はモダフィニル家から出た慰謝料で隣国に渡り、手術と回復魔法で元気になった。そのまま向こうで暮らしている。隣国は魔法医療が盛んだからな。耳も聞こえるようになっている」

えっ？　そうなの？

チャーリー先生は話を続けた。

「ただ、ジャックのことは覚えてないらしい。記憶から抜け落ちているそうだ」

ジャックさんの元婚約者は嫌な記憶に心を閉ざしてしまったのか。

彼女は極秘で隣国に渡ったそうだ。知っているのは、チャーリー先生のお父様とジャックさんのお父様、そして国王陛下と王妃殿下だけらしい。

チャーリー先生も彼女のことは最近、学会で隣国に行った時に偶然出くわして知ったそうだ。適当な時期を選んで、リカルド様にも話そうと思っていたらしい。

「ジャックさんのお父様は、知っていてジャックさんに教えないのね」

「あぁ、ジャックなりの罪滅ぼしをさせようとしていたのに、あいつは逃げたからな。団長さんは自分で罪を理解し謝罪してほしかったようだけど、ダメだった。元婚約者を本当の姉のように慕《した》っていたミゲルは償《つぐな》わせるためにジャックを捜していたんだろう」

「せめてミゲルにはミゲル様には彼女が元気だと教えてあげれば良かったのに」

「ミディア様、ミゲルがもし知っていたとしても、あいつはジャックさんに償《つぐな》わせるでしょう。そんな奴ですよ」

アーサー様が私たちを振り返る。

「そろそろ、クリストファー様の意識から出ましょうか？」

おっと、すっかり忘れていた。

「そうだな。それにしてもクリストファーはどうするつもりなんだろう？　そのまま西の辺境の地にいるのだろうか？」

リカルド様は心配そうだ。

「みたいですね。ほっときましょう」

「そうだな。クリストファー殿下も暫《しばら》く辺境の地で揉《も》まれればいい」

アーサー様とチャーリー先生はなかなか手厳しい。

「移動魔法ではこちらに戻れないようにしておきます」

そこでアーサー様はニヒッと笑った。

◇　◇　◇　＊メリーアン

「メリーアン、お久しぶりね？」

ある日。

私は自分が働いている病院で、そう声をかけられた。

「ステファニー様？」

「前の子が生まれた時だから、四年前かしら。元気だった？」

「はい。私は今、この病院で働いているのです」

ステファニー様は王立学校時代の同級生。筆頭公爵家の令嬢なのにちっとも偉そうにしない素敵な人だ。

私の祖国でとある事件が起こった後、彼女は婚約を解消し、この国に嫁《とつ》いできた。ちょうど私もこちらに住まいを変えたため、以来、何度かお会いしている。

「ずっと元気でいるのですが、まだ卒業辺りの記憶が抜け落ちたまま戻ってはいないのです。婚約者だった方のことも全く思い出せず……」

実は私の記憶には欠けた箇所がある。

その原因は分からないものの、覚えていなくても特に困らないし、そのままにしていた。

私には婚約者がいたらしいが、祖国の学園での卒業パーティーの時に起こった事件が原因で婚約を解消したそうだ。

父母や友達の話によると、その時に身体も心も傷付いた私は治療のためにこの国に渡ったらしい。この国は魔法医療が盛んで、祖国では治りにくい病《やまい》も治せる。私も様々な治療を経て元気になったが、記憶は戻らなかった。

結局、治療が終わってからも祖国には帰らららず、私はこの国で魔法看護の勉強をした。そして今は、魔法看護師としてこの病院で働いている。

「ステファニー様は、通院ですか？」

「そうなの。三人目の子供がお腹《なか》にいてね。定期検診なの」

「それはおめでとうございます」

「メリーアンは結婚しないの？」

愛しそうにお腹《なか》に手をやったステファニー様に聞かれる。

結婚か〜。

「私は結婚はいいですわ」

「そう？　まだあの方のことを気にしているの？」

ステファニー様の顔が曇《くも》る。

あの方？　誰なのだろう？

私には心を寄せる人がいたのだろうか？

首を傾《かし》げると、ステファニー様はため息を吐《つ》いた。

「そんなわけないわね。ごめんなさい、お仕事中に引き留めてしまって。またね」

彼女はにっこり微笑《ほほえ》んで護衛と共に産婦人科の診察室に向かう。

私は彼女が考えていただろうことを想像してみた。

私は婚約者のことを全く覚えていない。

私たちは幼い頃から婚約しており、彼は騎士だったらしい。

どうやら私はその婚約者に酷《ひど》い目に遭《あ》わされ、心も身体も傷付いたようだ。

そのせいなのか、他のことは全て覚えているのに、その事件と婚約者に関することだけ記憶がない。

皆、思い出す必要はないと言うが、ほんとにそうなのだろうか？

思い出さないと前に進めない。

そんな気がしていた。


暫《しばら》く経ったある日。

私は数人の同僚と院長先生に呼ばれた。

「魔法医療を必要としている人たちがいるんだ。三ヶ月の間、君たちにそこに行ってもらいたい」

そう言われる。

私は何人かの医師、看護師たちと祖国との境の地に向かった。

久しぶりに戻った祖国。

しかしそこは辺境の地。私が住んでいた王都からはかなり離れている。まったく懐かしさも何もない。初めての場所だ。

こんなものかと思っていると、声をかけられる。

「メリーアン様！」

こんなところに知り合いがいるわけがないのに、誰だろう？

振り返ると、見知った顔の青年だった。

あっ、ミゲル様だ！

ミゲル様は私の元婚約者の弟だ。

彼は驚いた顔で私に駆け寄ってくる。

「メリーアン様、どうしてここに？　領地で静養されていると伺《うかが》っていました」

そういうことになっていたのか？

「隣国の魔法医療ですっかり良くなりましたの。今は魔法看護師をしております。ただ……まだ記憶が戻っていないのですが」

「記憶をなくしていらっしゃるのですか？」

「はい。学園での卒業の頃と、あと元婚約者、あなたのお兄様の記憶が全くありません。ただ、ミゲル様のことは覚えておりますわ」

私は貴族スマイルでにっこり微笑《ほほえ》む。

ミゲル様は目を見開いて私を見た。

「そうですか。覚えていないことは、必要がないことなのでしょう。思い出す必要はありませんよ。兄のことなど忘れたほうがいい。ところで、あまり病院の外には出ないほうがよろしいですよ。この辺りは荒くれ者が多いのです」

ミゲル様はそう忠告してくれた。

遠回しに早く帰れと言われているような気がする。

だが、そう言われても、私は医師の往診についていかなければならない。

だから、私はあの人と再会してしまったのだ。

それは、西の辺境の地に到着し、一ヶ月が過ぎたある日のことだった。

その日。

私たちは入院患者の看護をしていた。医師ほどではないが、私たち看護師も魔法での治療を許されている。

夕方になり、そろそろ今日の仕事も終わりだなぁと同僚たちと話していた時に、緊急で何人かの怪我人が運ばれてきた。

突然、魔獣が現れたのだという。

戦争に関しては戦闘が起きないよう守りを固めていたが、まさか魔獣が出るとは誰も思っていなかった。魔獣は最前線にいた兵士を傷付けたらしい。

すぐにたくさんの兵によって魔獣は退治されたが、最初に攻撃を受けた者たちが負傷し、病院に運ばれてきたのだ。

兵士たちは魔獣の爪で抉《えぐ》られ、噴いた火を浴びていた。

魔法医師たちが兵士たちの怪我を治していく。私たち看護師は医師の補佐だ。

「この兵士を見てくれるか？　目が見えていないんだ。いきなり治すと後遺症が出るので、毎日少しずつ魔法をかけて治癒する。手伝ってくれ」

魔法医師の声に、私たちは「はい」と返事をする。

私は一番重症の兵士のもとに行く。

彼はなんと暴れていた。

我慢できないほど痛みが強いのだろうか？

「痛みが酷《ひど》いのですか？」

「痛み？　あぁ痛いよ。なんで俺ばっかりこんな目に遭《あ》うんだ。魔獣がいるなんて聞いてない」

これだけ文句が言えるなら大丈夫だろう。

うるさいので眠らせた後、私は回復魔法を少しずつかけた。

この男はジャックと言うらしい。

驚いたことに、その後、病院に様子を見に来たミゲル様が、彼があの兄だと教えてくれた。つまり、私の元婚約者だ。

その姿を見ても、私は何一つ思い出さなかった。

ミゲル様は言う。

「メリーアン嬢はあと一ヶ月半で隣国に戻るのだろう？　それまでにこいつの目は治らないと医師から聞いた。私はこいつにメリーアン嬢が元婚約者だったと教えないつもりだ。メリーアン嬢にもこいつの記憶がないなら、そのほうがいいだろう。もし思い出して腹立たしくなったら治療はやめてくれてもいい」

確かに、「私はあなたの元婚約者です。周りからあなたに酷《ひど》い目に遭《あ》わされたと聞いていますが、残念ながら私にはあなたの記憶がいっさいありません」なんて言うのは変だ。

この男もミゲル様と同じように私が領地で静養していると思っているはず。

それなら、ミゲル様の言うとおり知らせないでおこう。

しかし、私の潜在意識がこの男を赦《ゆる》しているようで、回復魔法が上手《うま》い具合に入っていく。本来なら違うエネルギーが身体に入っていくせいで治療には少しの痛みが伴うのだが、それがないらしいのだ。

日によって治療する看護師が代わるので、他の者がやることもある。その時は痛がるので、男の体質が原因ではない。

「お前がいいな。お前のエネルギーは心地よい。全てが赦《ゆる》されているような錯覚を起こす」

男は私が回復魔法を流している間、そんなことを言った。

「俺には昔、婚約者がいたんだ。そいつのエネルギーとお前のエネルギーはよく似ている」

そりゃそうだろう同一人物なんだから。

「そうなんですか？　婚約者さんとは？」

いたずら心を起こした私は、そう聞いてみた。

この男は私をどう思っていたのか？　なんで酷《ひど》い目に遭《あ》わせたのだろうか？

「俺が魅了の魔法にかけられたせいでとんでもない目に遭《あ》わせてしまった。お陰で、婚約は解消されたよ。今は領地で静養している。なぁ、お前、俺の元婚約者のところに行ってくれないか？　そしてその回復魔法で元気にしてやってほしい。金なら俺がここで働いて稼ぐ。あと一月もすれば、目は治るんだろう？」

いや、そんなこと言われても、私は元気だしなぁ。

「私は国に帰らなきゃいけないから、この国に住んでいるあなたの元婚約者のところには行けないわ」

男は懇願《こんがん》する。

「金ならなんとかする。金になる仕事をしてお前に渡す。だから頼む」

どうしてそんなことを言うのだろう？

この男は私のことが嫌いだったと聞いている。子供の頃からよく泣かせていた、と。

「俺は子供の頃からあいつが好きだったんだ。でも恥ずかしくて、そんなこと言えなかった。会う度に触れたくて、だけど、触れると小さくて華奢《きゃしゃ》なあいつは転んで怪我をする。力加減が分からなかったんだ。そのせいで周りに責められ、嫌いだと悪態を吐《つ》いていた。いつも優しくしたいと思っていたのに、できなかった。せめて騎士として強くなって好かれたいと思ったが、強くなればなるほど女の前では素直になれず、偉そうにしてしまう。そして憎まれ口をきいてしまう。一人になると、決まって後悔していた。乱暴で短気で直情的な俺を真っ直ぐで正直な人だと言ってくれた唯一の人なんだ。俺がいないところで、俺のことを庇《かば》ってくれていた。大事にしたかった。なのに、俺は魔法なんかにかかって酷《ひど》いことをしてしまって……。彼女は心を閉ざしてしまった。何度謝罪に行っても門前払いされたんだ。俺を信じてくれていたのは彼女だけだったのに」

うーん。今更そんなこと言われても困る。

だって私は記憶がない。

それに、この人に酷《ひど》い目に遭《あ》わされて心が壊れ記憶を消したのだろうと、周りの人たちはみんな口を揃えて言う。

きっと私は限界まで頑張っていたのだろう。

「彼女と復縁したいの？」

「あぁ、俺を分かってくれるのはあいつだけだ。でも無理だろうな」

「でも、あなたは彼女を理解してなかったんじゃない？　だから心を閉ざした。きっと我慢の限界を超えてしまったのね」

男の話を聞いていて、だんだん腹が立ってきたのできついことを言ってしまった。

回復魔法をかけながら怒るってどうよと思うけど、私の心の底にいる本当の私が突き放せと言っている気がする。

「罰《ばち》が当たったんだな。俺は嫌な奴だった。ここに来て色々考えたんだ。ここにいる奴らは昔の俺を知っている人間が多い。もう、俺は平民だし仕返しをしても罰せられはしないから、嫌なことを言われたり、嫌がらせをされたりする。初めは憤慨《ふんがい》した。俺は何も悪くないのになんでこんな目に遭《あ》うんだって。あいつが悪い。そいつが悪い。そうやって、気がつくと俺は人のせいばかりにしていた。みんなはこの生活から這《は》い上《あ》がろうと頑張っている。一方俺は、責任転嫁して文句ばかり言っていた。元はと言えば、俺が素直になれば良かったのに。なんでできなかったんだろうな」

どうやら回復魔法が心にまで効いているようだ。

男は目と一緒に心まで癒《い》やされてきているらしい。

記憶をなくす前の私は、この男がそこまで悪い人ではないと知っていたのだろうか？　いつかは目が覚めると信じたていたのだろうか？

今の私には分からない。

ただ分かったのは、嫌われていたわけではなかったということ。

それだけ。だからどうということもない。

私は本来の職場に戻るその日まで、この男を含めた怪我人に回復魔法をかけ続けた。

そして最終日。

「私は今日でおしまいなんです。国に戻ります。明日からは入れ替わりで来る魔法看護師が引き続き治療に当たります。あと十回くらい回復魔法をかければ目が見えるようになりますよ。そしたらまた頑張って働いてくださいね。迷惑をかけた方に謝罪の手紙など書いてみてはどうですか？　素直な気持ちを伝えてみては。手のリハビリにもなりますしね」

最後の回復魔法治療を終え、私は元婚約者に挨拶《あいさつ》をした。

結局、最後まで私の記憶は戻らなかった。

彼は私にはもう必要ない人なのだろう。

そしてこの男にも私は必要がない人間なのだ。

「君に手紙を書いたら返事を貰《もら》えるかな？」

男がぼそりと言う。

手紙か――

「私は仕事が忙しいので返事を書く時間がありません。ごめんなさい」

返事など書かない。この男も私に手紙など送ってこないだろう。

明日から来る魔法看護師にも同じように元婚約者に対しての謝罪の気持ちを打ち明けるに違いない。

そうすることで、赦《ゆる》された気になるのだ。

まぁ、赦《ゆる》すも赦《ゆる》さないも、私は記憶がないのだから何もできないけれど。

もう二度と会うこともない見知らぬ元婚約者。

これで私もちゃんと前を向ける。会えて良かった。

さようなら。

私は元の職場に戻った。

「――メリーアン！　久しぶりね」

「ステファニー様、お生まれになったのですね。おめでとうございます。ところで、私、出張先で元婚約者に会ったんです」

「えっ？　あの男に？　記憶は戻ったの？」

「いえ、全く戻りませんでした。もう二度と会うこともないと思います」

「そう、それは良かった。今度この子のお披露目パーティーをするの。来てくれるかしら？　素敵な殿方もたくさん来るわ。紹介するわよ」

「ふふふ楽しみにしていますね」

恋でもしてみよう。

私は、ふとそんな気になった。

第七章

あれから半年が過ぎた。

移動魔法ではフェノバール領に戻れなくなったクリストファー様は西の辺境の地から王宮に戻り、その後は世界を巡り武者修業をしているらしい。

やはり、王太子の位は返上したそうだ。

まぁ、ポーレッタさんと結婚できないなら、王太子なんて責任のあるポジションは嫌なのだろう。

次の王太子は第三王子か第四王子がなるのかな？　まだ先のことだ。

国王陛下も王妃殿下もクリストファー様が迷惑をかけて申し訳なかったと謝ってくれたが、別に迷惑などかけられてはいない。

ジャックさんがいなくなってからリカルド様はちょっと楽になったのか、うなされることがなくなり、よく眠れている。

そして、アーサー様は領地内を飛び回っていた。

土壌改良した農地には良い作物が育ち、河川《かせん》工事や水路や道路の工事も落ち着いてきた。我がフェノバール領は、私が来た頃に比べ豊かになった気がする。

さて、アーサー様といえば、独身で働き者。リカルド様には敵《かな》わないが、それなりにイケメンなので、領地の若い女子たちにとても人気がある。魔法を使えるというのも魅力的らしい。

この国では平民は魔法が使えない。

貴族も下位になるほど魔力が弱い傾向がある。

普通に生きていくには魔力などなくてもなんの問題もない。私もアーサー様に色んな魔法を教えてもらうまで、ほとんど魔法など使わず生活していた。

回復魔法を生まれつき持っていたのだが、全くと言っていいほど使っていなかった。今は訓練で魔力を増やし、主にリカルド様に対して使っている。たまにチャーリー先生に頼まれて患者さんに使ってもいるが。

そんなわけで、領民が魔法を使っている人を初めて見たのは、アーサー様だったのだろう。だから彼に注がれる憧《あこが》れの目は半端《はんぱ》ない。

しかし、いくらモテてもアーサー様は興味がないようだ。

「ねぇ、リカルド様、アーサー様は結婚する気がないのかしら？」

「今はないんじゃないかな？　領地のことで忙しくしていて楽しそうだ。やっとやりたいことが見つかったようだしね。アーサーはまだ若いし慌てなくてもいいと思うよ」

確かにリカルド様の言うとおりなんだけど。

「私も全く結婚する気などなかったけど、ミディアに出会って結婚した。焦《あせ》らなくても運命の人には出会うべくして出会うものだよ。それに結婚するならアーサーより、チャーリーのほうが先じゃないか？」

そっか、チャーリー先生も独身だったな。

それにしても運命の人だなんて言われたらドキドキしちゃう。

本当に私たちは運命の人同士なんだろう。私の人生はリカルド様と結婚してから動き出したようなものだしね。

もし結婚していなかったら、私はアーサー様にもチャーリー先生にも会わなかったに違いない。

「そんなことより、マイスタン家の夜会に呼ばれていたなぁ。どうする？」

リカルド様が話題を変える。

少し前にアーサー様の実家——マイスタン侯爵家から夜会の招待状が来ていた。

「リカルド様がマイスタン侯爵と会うのが嫌でなければ行ってもいいと思っています。アリシア様はリカルド様に来てもらいたいみたいですし」

マイスタン侯爵は元々、リカルド様の側近だった。もちろん同じように魅了の魔法にかかったのだが、当時婚約者だった現夫人のアリシア様が既《すで》に王立学校を卒業していて現場にいなかったため、マイスタン侯爵は誰かを断罪することがなく、婚約解消することもなかったのだ。

ということで魔法が解《と》けた後、彼は何事もなかったようにアリシア様と結婚した。

みんなが廃嫡《はいちゃく》され、父親たちも責任を負ったのに、マイスタン父子はなんの咎《とが》めも受けなかった。

それに反発して、アーサー様は引きこもっていたのだ。

我が領地に来てからも彼はマイスタン家と交流していない。

なんとかアーサー様とマイスタン家が和解すれば良いと思うが、ますばリカルド様とマイスタン侯爵の和解が必要なようだ。

アリシア様も母を通してそれっぽいことを伝えてきている。

母とマイスタン夫人のアリシア様が仲が良い。アーサー様とリカルド様とを繋げたのも、アリシア様が母に頼んだからだ。

「アリシア様はリカルド様とマイスタン侯爵にも仲直りしてほしいようです」

「仲直りって、別に私たちは仲違《なかたが》いしているわけじゃないよ。私が長いこと伏せっていたから会う機会がなかっただけだ」

リカルド様は人が好いので思うところは何もないみたいだが、マイスタン侯爵はきっと後ろめたいのだろう。自分だけが何も罰を受けなかったことが。

アーサー様の兄上だけあって、ややこしい性格だ。

「行ってみようか？　久しぶりにアルダールにも会いたいし」

リカルド様が爽《さわ》やかにそう言う。

ほんとにリカルド様はニュートラルな人だ。誰に対しても偏見などない。それが良いのか悪いのか分からなくなる時もあるけど、私はそういうところが好きだ。

ただ、アルダール様？　だっけ？　マイスタン侯爵は、正面からリカルド様を受け止められるのかな？

「――アーサー様、私たちはマイスタン家の夜会に行くのですが、ご一緒しませんか？」

その晩、私はアーサー様を誘ってみた。

「しません」

即答か。

「マイスタン家の夜会になど、何故《なぜ》行くのですか？　あんな家とは付き合わなくていいんです。魔法なら私がバンバン使います。アルダール・マイスタンなんかには実力で負けませんよ」

アーサー様は固い声できっぱりと言い切る。

うわぁ。拗《こじ》らせてるなぁ。

「じゃあ、命令します。アーサー・マイスタン、主人、リカルド・フェノバールの供をしなさい」

私はアーサー様に意地悪な命令をした。

さぁ、アーサー、どうする？


その後、アーサー様はすごすごとリカルド様のもとに向かった。

「リカルド様、ミディア様に命令されました。夜会に伴えと」

「うん。ついてきてくれると嬉しいな」

リカルド様はアーサー様に向かってにこりと微笑《ほほえ》む。

アーサー様はリカルド様に弱い。

横で聞いていた私は悪い顔で笑った。

きっとアーサー様はリカルド様が行かなくてもいいと言ってくれると思っていたのだろう。

甘い!! 今回の件はリカルド様も仲間なのだ。

こうして、私たち三人はマイスタン侯爵家の夜会に出席することになった。


私はさっそく、夜会用に我が領地の生地でドレスを作った。

デビュタント以来、この生地は凄《すご》い人気だ。

母や王妃殿下が着てくれているのが良い宣伝になっている。

養蚕《ようさん》農家のゴードンさんは蚕《かいこ》さんの数を増やした。それでも追いつかないらしい。

「貴族は希少価値のあるものが好きだからいいのよ」と、母は笑う。

今は王都で仕立ててもらっているが、いずれは領地にドレス工房を作りたいなぁと考えている。

そして、夜会の当日。

私は朝から大変だ。

化けないといけないので、侍女たちに磨き上げられる。

「魔法で変えるほうが楽じゃないですかね?」

アーサー様が苦笑いしながら呟《つぶや》くのに、私も内心で同意した。

リカルド様は「そんなことしなくてもミディアは綺麗だよ」と言ってくれるが、毎回出来上がりの私を見て目を丸くする。

本日も感嘆《かんたん》の声を漏らした。

「ミディア、綺麗だ」

「リカルド様、ありがとうございます。リカルド様も素敵です」

微笑《ほほえ》み合う私たちに、機嫌の悪いアーサー様が口を挟む。

「ミディア様、くれぐれも口を開かないようにお願いしますね」

アーサー様、あなたもですよ。

彼は私に負けないくらい口が悪い。ましてや、マイスタン家に乗り込むのだから気をつけねば。

本日は領地には戻らず、実家のランドセン家に泊まる予定だ。

前々から父に頼んでいた騎士団の話と道路整備の打ち合わせをするつもり。

来月から暫《しばら》く団長さんが我が領地に来て、募集で集まった兵士たちのトレーニングをしてくれることになっていた。

「では行こうか」

リカルド様のエスコートで私は馬車に乗り込む。

アーサー様が呪文を唱えると、馬車はマイスタン邸前に移動した。

◇　◇　◇　＊アリシア

「アリシア、やっぱり私は明日の夜会は欠席するよ」

夫のアルダールが弱々しい声で言う。

夫は宮廷魔導士団の団長でマイスタン侯爵家の当主をしている。

この国はそれほど魔法が盛んではない。使えるのは貴族だけ。

加えて、ほとんどの貴族がそれほど魔力が強いわけではなく、皆、生活において便利なものがあればちょっと利用する程度だ。

そんな中、私が嫁《とつ》いだマイスタン家は王家に次ぐ魔力の強い家門で、代々当主が宮廷魔導士団の団長を務《つと》めている。

夫が義父から当主と団長の座を受け継いだのは今から七年前、二十一歳の時だった。

「あなた、ダメよ。明日はフェノバール公爵もアーサー様もいらっしゃるのでしょう。当主なんだから、ちゃんとお出迎えしなきゃ」

「無理だ。今更どの面《つら》下げて殿下に会える。父や母と、私は違うんだ。私は殿下に合わせる顔がない」

夫は今日もウジウジしている。

宮廷魔導士団の団員は、夫がこんなにウジウジした人だとは知らないだろう。夫は天才的に外面が良い。


私と夫は幼い頃からの婚約者だった。

年は私が二つ上だ。

夫は昔から気弱なおとなしい男だった。

私たちは夫が王立学校を卒業したらすぐに結婚することになっており、私は夫より二年早く卒業して留学していた。

まさか、私が国を空けている間にあんなことが起きているなんて全く思わずに。

もともとお互いに筆不精で、留学し離れてからも特に手紙のやり取りなどはしていなかったため、私は祖国で起こっていることに気がつくのが遅れた。

そろそろ留学を終えて国に戻ろうかと思っていた矢先に、父からあと一年留学先にいろという内容の手紙が来た時も、深く考えずに同意する。

帰国しないほうがいい詳しい理由が書いていなかったこともあるが、留学先の生活が楽しかったので、喜んで滞在を延ばし呑気《のんき》に過ごしていた。

そして、夫が王立学校を卒業して半年くらいした頃、私の留学先を両親と夫の両親が訪れ、この間にあったことを話してくれて初めて、事態を知ったのだ。

夫が魅了の魔法にかかった？

魔導士のくせに？

驚きと共に呆《あき》れた。

魅了の魔法はそれほど威力があるものなのかしら？

魔法をかけたのは、とある下位貴族の令嬢らしい。つまり、ごく稀《まれ》にしかない突然変異で、下位貴族に強い魔力を持つ者が生まれてしまった、ということのようだ。

夫以外に、殿下や他の側近もその令嬢に夢中になり、婚約者をいわれなき罪で断罪して婚約を解消したという。

その女の目的は殿下だったのに、側近も意のままに操りたかったみたい。

幸い、私は他国にいたので、冤罪《えんざい》をかけられることも婚約解消されることもなかった。

殿下は特にきつく魔法をかけられていたとのことで、なかなか意識が戻らなかったと聞く。魅了が解《と》けて半年になっても、回復の兆《きざ》しすらなかったそうだ。

意識の戻った側近たちは、やらかしたことの大きさに見合う処分を受けたらしい。

宮廷医師団長は職を辞し、息子を廃嫡《はいちゃく》して家から出した。

騎士団長も職を辞し、息子を廃籍にしたそうだ。

廃籍？

驚いたが、騎士団長の息子、ジャックは相当やらかしていたという。

あの人は子供の頃から乱暴者だったからな。婚約者を蔑《ないがし》ろにしている感じの、嫌な奴だった。

宰相の息子は他国に身一つで出されたそうだ。要は、国外追放だ。

夫の父親も職を辞すと陛下に言ったそうだが、特に被害を受けた者がいないし、マイスタン家が退《しりぞ》くと他に魔力の強い貴族がいないので困る、と引き留められたらしい。

そんなこんなで、私のところに婚約についてどうするか確認にきたのだ。

「アリシア、お前が嫌なら婚約は解消してもいい」

父は私の手を取った。

正直な話、どちらでもいい。

私は現場にいなかったので、両親や夫、夫の両親とは温度差がある。

私はもうその頃、二十歳だったし、事件絡みで婚約を解消したら傷ものになる。その先は、後妻くらいしかないかもしれない。

そのまま結婚しても構わないけどなぁと思っていると、夫の父が重い口を開いた。

「アリシア嬢、まことに言いにくいのだが、アルダールはその女と不貞を働いていたのだ。調べによると、一度ではなく何度も同衾《どうきん》していたらしい。魔法をかけられていたとはいえ、アリシア嬢を裏切っている」

余りに悲愴《ひそう》な表情に、私は覚悟を決めて話を聞いていたのだが、なんだそんなことか。

元々、彼に恋愛感情などない。

この結婚は家のためだ。裏切ったとか裏切られたとかそんなこと、全く思わなかった。

だというのに、アルダール様は私を裏切ってしまったと、落ち込んでいるらしい。

ほんとにウジウジした男だ。

私が捨ててもどこかの令嬢が拾ってくれるだろうが、あのウジウジしたうっとうしい男を押し付けるのは忍びない。

「お義父《とう》様、お義母《かあ》様、私は婚約解消などいたしませんわ。お約束どおり、アルダール様と結婚いたします。ご心配には及びません」

私は腹で色々な算段をしながら、にっこりと微笑《ほほえ》んだのだ。

そうして、結婚してから夫の尻を叩《たた》き、立派な当主、立派な魔導士団長に仕上げる。

私は侯爵夫人として家のことと社交を一手に引き受け、今ではすっかり、社交界の実力者になった。

これは友人のランドセン夫人のお陰もある。

素晴らしい友達を持っていて本当に良かったと思う。

そのランドセン夫人の令嬢がリカルド殿下と結婚した。

ミディアローズ嬢には何度か会ったことがあるが、めちゃくちゃ面白い令嬢だ。きっと王家に新しい風を吹かせてくれるだろう。

彼女は一人で頑張っていた殿下を助け、領地をどんどん良いものにしていると評判だ。

そして、十年前の魅了事件を未だに引きずって引きこもっていた義弟を立ち直らせてもくれた。

あと一息だ。

私としては、マイスタン家のためになんとか夫とリカルド殿下の仲を元のようにしたい。

明日の夜会で何がなんでも夫と殿下を会わせ、あわよくばまた側近にしてもらえないだろうかと考えている。

あのキレモノのリカルド殿下があんな田舎《いなか》領主で終わるわけがない。

しかもミディアローズ嬢とランドセン家が後ろにいる。

マイスタン家のため、息子たちのために、私ができることはなんでもする気だ。でないと、こんなウジウジ男と結婚した意味がない。

いよいよ明日。根回しはバッチリだ。

あとは首に縄をつけてでも夫を引っ張っていくだけよ。

「あなた。絶対に参加してくださいませね」

私は夫に向かってにっこり微笑《ほほえ》んだ。

◆　◆　◆

今日の夜会の会場はマイスタン邸だった。

邸といっても、王都にあるタウンハウスだ。

以前、アーサー様に会いに来た場所だが、すぐに戻ったので、あまり印象に残っていなかったが、今、改めて見ると、さすが魔導士団長の屋敷だけあってタウンハウスなのにデカい。

前侯爵夫妻は前にお会いした時にリカルド様に丁寧《ていねい》に謝罪していた。リカルド様は謝罪などいらないと言っているし、本当に心からそう思っている。

今回は現当主のアルダール様に会えるんだな。

ふとアーサー様に目をやると、思いっきり不機嫌な顔をしていた。

「アーサー、せっかくの夜会なんだし笑顔でないといけないよ」

リカルド様に叱《しか》られている。

「無理ですよ。私は、貴族特有の作り笑いが嫌いです」

作り笑いって……。私も苦手だ。

「本日はお招きいただきありがとうございます」

主催のマイスタン家の皆さんが出迎えてくれたので挨拶《あいさつ》をする。

「リカルド殿下ご無沙汰しております。アーサーがお世話になっておりまして、改めてありがとうございます」

「先日も申しましたが、私はただの田舎《いなか》領主です。もう殿下はおやめください」

リカルド様と前侯爵はにこやかに会話を進めた。

リカルド様が言うと全く嫌味に聞こえないから凄《すご》い。まぁ、ほんとに嫌味じゃないしね。

その時、アリシア様が大柄の男性を前に押し出した。

「殿下……」

男性はリカルド様を見て涙を流している。その足はガクガク震えていた。

あぁ、この人がアルダール・マイスタン、アーサー様の兄上か。

「マイスタン侯爵、お久しぶりです。今日はお招きありがとうございます」

リカルド様は普通に挨拶《あいさつ》をした。

この二人の温度差が凄《すご》い。

アルダール・マイスタン侯爵が突然、跪《ひざまず》く。

えっ？　マジか。何が始まるの？

「殿下～～～～!!　申し訳ございませんでした～～～～」

彼はリカルド様の足に縋《すが》りつき、額《ひたい》を床に擦《こす》り付《つ》けた。

それを見て、手が長いな、器用だなと思ったのは、私だけだろうか？

「どうしたのですか？　頭を上げてください」

リカルド様がマイスタン侯爵の肩に手を置く。

「もったいないお言葉痛み入ります。しかし私はあなた様に合わせる顔がありません。あなた様の前に立つことなど許されていいわけがない」

マイスタン侯爵は号泣しながらそう言う。床は涙でびしゃびしゃだ。

リカルド様が困惑《こんわく》した顔で私を見た。

「ミディア～、どうしよう？」という、心の声が聞こえてきそうだ。

仕方なく、口を挟む。

「マイスタン侯爵閣下、アリシア様、せっかくの夜会、この場ではなんですので、場所を変えませんか？」

アリシア様とお母様から事前に、休憩部屋で話がしたいと言われていた。

リカルド様には伝えていなかったが、それが今よね？

ところが――

「それには及びません。このような者、足蹴《あしげ》にすれば良いのです」

私の言葉に、アーサー様が凍りつくような冷ややかな声で言い放つ。

もう、ややこしいな。

「場所を用意いたします。公爵閣下、奥様、足をお運びいただいてもよろしいですか」

アーサー様の言葉など聞こえなかったかのように、アリシア様が割って入った。

私はリカルド様を見る。

彼は足元で泣き崩れているデカい蛙《かえる》みたいなマイスタン侯爵の肩を両手で掴《つか》み、その身体を起こした。

「行きましょう」

蛙《かえる》の侯爵はアリシア様に腕を抱えられ、休憩部屋に向かう。

アリシア様が小声で「しっかりなさいませ」と叱咤《しった》しているのが聞こえてしまった。

私は逃げようとしているアーサー様の上着の裾《すそ》を掴《つか》む。

「一緒に来なさい。命令です」

ここでも命令を発動してみた。

アーサー様が舌打ちをしたような気がしたが、聞かなかったことにしよう。

私は耳が良すぎて困る。


私たちは休憩部屋に移動した。

扉を閉めると、夜会の音楽が聞こえなくなる。

ソファーに腰を下ろしたリカルド様の足元に、まだ蛙《かえる》状態になっているマイスタン侯爵が這《は》いつくばった。

「マイスタン侯爵、私はあなたにそんなに謝られるようなことをされた覚えはないのだけれど。……謝ることであなたの心が落ち着くのであれば、謝罪を受け入れましょう」

「とんでもありません。卑怯者《ひきょうもの》と罵《ののし》ってください。お前だけがなんの咎《とが》めも受けずのうのうと生きやがって、恥を知れと罵《ののし》ってください」

あ〜、拗《こじ》らせてるなぁ。

十年の間この人はずっとこんな調子だったのか？　アリシア様はさぞかしうっとうしかっただろう。

「もう充分ですよ。あなたは苦しんだ。罰を受けたほうが楽だったのですね。父の下した決定があなたや前侯爵、そしてアーサーをも苦しめた。謝らなければならないのは私のほうです。父に代わって謝罪します。マイスタン家の皆さん、申し訳ありませんでした」

リカルド様が頭を下げる。そうすることでこの場を収めようとしているんだな。

さて、侯爵はどう出る？

「殿下〜〜〜！　もったいない！　もったいない！　殿下も陛下も何も悪くなどありません。悪いのは私です。魔導士のくせに魅了の魔法が使われていることを感知できず、殿下を守れなかった私です。本来なら、大きな顔をして魔導士団長などしてはいけない男なのです。殿下、申し訳ありません」

マイスタン侯爵はリカルド様に縋《すが》りつき、子供のように泣きじゃくる。

「アルダール、もういいよ。アルダールは悪くない。あの時、私のとばっちりで人生をくるわされた人たちの中でアルダールだけでも、順風に生きていてくれて私は嬉しいんだよ。だからアルダールは胸を張っていればいい。アルダールを悪く言う奴がいたら私が許さない。アルダールはこれからも我が国のために魔導士団長として国王を支えてほしい。ほら、いつまでも泣いてないで顔を上げてくれよ。いつまで経っても泣き虫だなぁ。またアリシア夫人に叱《しか》られるよ」

リカルド様はくすくす笑っている。

「ありがとうございます。殿下」

アリシア様も頭を下げた。

そこに鋭い声が響く。

「許さない！　絶対に許さない！　リカルド様がなんとおっしゃろうと、私は絶対に許さない！」

もう、せっかく終わりそうなのにまたまぜっ返すのか、この男は？

アーサー様は顔を真っ赤にして怒っている。

さて、どうしたものか？

リカルド様？　どうする？

私はリカルド様の顔を見て、ため息を吐《つ》く。

「アーサー様はお兄様が羨《うらや》ましかったのね。次男に生まれたばかりにお兄様のようにはなれない。でも、一生懸命に努力しているお兄様を誇らしく思う気持ちもあった。それなのにお兄様は、魔法にかかってしまいアーサー様の知っているお兄様ではなくなってしまった。そういうことなのかしら？」

思うことをそのまま口に出してみる。

「幻滅したのか。アーサーはアルダールのことが好きすぎて、その思いを拗《こじ》らせてしまったのだな」

リカルド様が腕組みをして微笑《ほほえ》んだ。

「では、アーサー、父や兄が職を辞して隠居にでもなれば満足だったのかい？　マイスタン家は我が国で唯一の魔法に特化した家だ。アルダールが失脚すれば、アーサーが当主になる。当主になりたかったわけではないだろう」

「お前が当主になりたいのなら、私はいくらでも代わる」

マイスタン侯爵がアーサー様に言う。

「当主になどなりたくありません」

アーサー様は吐き捨てるように叫んだ。

「私はちゃんと人間として大人として責任をとってほしかったのです。兄が魅了の魔法にかかっていたことは、知らない人もいた。兄だけは魔導士なので魔法にかからなかったと誉めている人さえいたんです。誰も否定はしなかった。兄は魔導士のくせに魔法を見抜けず、あの女の意のままに動かされていたのに。そんな兄が何食わぬ顔をして魔導士団長になっているのが、納得いかないのです」

やはり幻滅か。

「子供っぽいわね。貴族の男のくせに家のことを考えなかったの？　マイスタン家がダメージを受けなかったのだから、喜ばなきゃいけないんじゃないかしら？　それに、何食わぬ顔はしてないわよね。あなた、弟なのに兄の性格が分からないの？　マイスタン侯爵にとって陛下の出した答えはお咎《とが》めを受けるより辛《つら》かったんじゃないのかしら？　毎日、針のむしろだったと思うわよ。そんな時、あなたはただ逆恨みしていただけ。周囲の状況を広く見ようとせず、狭い考えだったわね。でもまぁ、弟に気を遣われて腫《は》れ物《もの》に触るようにされるよりは、拒絶されるほうが楽だったのかもしれないわ。たとえ一人でも自分を責めてくれる人がいて、侯爵は救われているのかもしれない。もう、手打ちにしましょう。リカルド様はなんとも思っていないし、マイスタン侯爵は思う存分謝った。アーサー様は家から離れマイスタン家を外から見て、今の侯爵の話を聞いて、思うところがあったんじゃない？　それで良いのではないですか？」

「私は思うところなど……」

「あったということにしましょう」

「命令ですか？」

「そうね。命令だわ」

「では仕方ありません」

アーサー様はぷいっと顔を逸《そ》らした。

彼は本当に素直じゃない。

「マイスタン侯爵家には申し訳ないですが、アーサーは我がフェノバール家にもフェノバール領にもなくてはならない人間になっている。お返しはできない。ただ交流は自由だし、アルダールたちもうちに遊びに来てほしい。アルダールやアリシア夫人には頼みたいことがあるし」

頼みたいこと？　なんだろう？

リカルド様の言葉に、侯爵はまた号泣した。

「なんなりとお申し付けください。このアルダール・マイスタン、命の尽きるその瞬間までリカルド殿下にお仕《つか》えいたします」

げっ、重い。

「アリシア・マイスタンも持てる力全てで殿下にお仕《つか》えいたします」

「わっ、私も！　私のほうが早くリカルド様に仕《つか》えているんですからね」

アーサー様が焦《あせ》ったように言う。

子供か？

「三人ともありがとう。そんな大袈裟《おおげさ》なことじゃないんだけどなぁ。領地のことでちょっと助けてほしいんだ。詳しいことはまた連絡するね。それから、アルダール、アリシア夫人、殿下はやめてよ。私はもう殿下じゃないからね」

リカルド様は困った顔をしている。

やっぱり未だにリカルド様のことを王子として認識している人は多い。

夜会などに出ると、あの事件さえなければあんな跳《は》ねっ返《かえ》りの子供と結婚させられることもなかったのに、どうせ腹黒のランドセン夫人あたりが領地の手助けを理由に押し付けたのだろう、との声を頻繁に聞くそうだ。

私は事件のことを詳しくは知らなかったが、リカルド様と結婚したことで、あの事件で人生が変わった人を何人か見た。

その中で一番人生が変わったのは、当然、リカルド様だろう。次期国王だった人が田舎《いなか》領主だ。今からでも遅くない。王太子に返り咲けないのだろうか？

そう思う人の気持ちはよく分かる。

もし、彼らの願いがかなった暁《あかつき》には、リカルド様は王太子妃に相応《ふさわ》しい令嬢と結婚し直せばいい。私は潔《いさぎよ》く身を引き、領地に残ろう。

フェノバール領はどんどん豊かになっている。リカルド様が抜けてもなんとかなるだろう。

そんなことを考えているうちに難しい顔になっていたようだ。リカルド様に声をかけられる。

「ミディア、どうしたんだい？　難しい顔をしているよ。さぁ、ホールに戻ろう」

私は差し出されたその手を取った。

とりあえず今は夜会を楽しもう。ドレスの生地を宣伝しなきゃね。

アリシア様がすっと音も立てず傍《そば》に来る。

「ミディアローズ様、ありがとうございました。これからは私がお力になります。なんなりとお申し付けください」

そう言って、にっこり微笑《ほほえ》んだ。

アリシア様は私と同じことを考えているのかもしれない。

やっぱり貴族は怖いなぁ。顔と腹が同じ私はまだまだ修業が足りない。

アリシア様や母を見習わないとなぁ。

私はにっこりと微笑《ほほえ》み返した。

さぁ、ホールで美味《おい》しいものを食べよう。

アーサー様とマイスタン侯爵が仲直りしたかどうかは分からないが、マイスタン侯爵がリカルド様に対して顔を見せられるようになったことは間違いない。

大きな身体で子犬のようにリカルド様にまとわりついている。

事件前はジャックさんともあんな感じで仲良くしていたのかな。

私は西の辺境の地にいるジャックさんのことを思い出していた。


なんだかんだあった夜会は、その後、特に何事もなく閉会した。

私たちはマイスタン侯爵邸を後にして私の実家のランドセン家に向かう。

馬車には笑顔のリカルド様とぶーたれているアーサー様が乗った。

「アーサー、あのままマイスタン家に泊まっても良かったのに。夫人はそうしてほしそうだったぞ」

リカルド様がアーサー様をおちょくる。

この人、人が嫌がることはやりそうもない顔をしているのに、時々やるのよね。

「嫌ですよ。私はリカルド様とミディア様をランドセン家にお届けしたら領地に戻ります。また明日の朝、伺《うかが》いますよ。道路整備の話には参加したいですしね」

「だったら、泊まったら？　部屋はいっぱいあるし、今夜は従姉妹《いとこ》たちも泊まっているので、アーサー様も泊まったら、顔合わせができるしね」

今日は確か、従姉妹《いとこ》のルビー姉様とエレノア姉様が泊まっているはず。

ルビー姉様はリカルド様とは王立学校時代の同級生。接点はなかったそうだが、私が結婚する前に、あの事件についての情報を教えてくれたり、元婚約者のポーレッタさんと会わせてくれたりした。

エレノア姉様はルビー姉様の妹で、彼女たちは一緒に王都でドレス工房を経営している。

私や母が夜会やお茶会に出る時は、うちの領地の布地をそこでドレスに仕立ててくれているのだ。

今日は私の野望のお手伝いをお願いしようと、屋敷に来てもらっていた。

「従姉妹《いとこ》というと、領地に平民向けと貴族の普段着用の簡易なドレスを量産する工場を作る件ですか？」

「うん。栽培を始めた綿と麻を使って洋服を作って販売しようと考えてるって、前に言ってたでしょ。彼女たちは王都でドレス工房をしているので、技術提携してもらおうと思うの」

「技術提携ですか⁉」

「あぁ、縫製《ほうせい》工場ができれば、領地の奥さんや娘さんの働くところができるだろう。農業以外でも仕事ができる場を作りたいんだ」

リカルド様が付け足す。彼は領地の女性が働ける場所を作りたいと考えていた。

今のところ領地で女性が働ける場所は少ない。仕方なく王都に出ていく人が大半なのだが、そうするともう戻ってこないのだ。そのせいで、領地内の結婚率は低い。

それに、運良く領地で結婚した女性にとっても、空いた時間を活《い》かして働ければ、家計が楽になる。

夫に先立たれ子供を抱えた人なども、働き先さえあれば意に沿わない再婚をしなくても済む。

この縫製《ほうせい》工場の計画には、私とリカルド様のそんな思いが詰まっていた。

「ほんとにリカルド様とミディア様には敵《かな》いません。いつも領民の幸せを考えているんですね。農地の次は産業ですか。分かりました。私のできる限りの力をフェノバール領のために使わせてもらいます。兄も義姉《あね》もそのつもりのようですし、マイスタン家はリカルド様とミディア様に子孫に至るまでお仕《つか》えします。今日はランドセン家に泊まって従姉妹《いとこ》様とお話をさせてもらいますよ」

アーサー様がいると心強い。本当になんでもできる人だし、いつも私たちの要望に応えてくれる。

ただ、今日の夜会で分かったが、マイスタン家の人は重い。

そしてアリシア様は怖い（いい意味でだけど）。

きっとこれからマイスタン家の人たちは、フェノバール家になくてはならない人たちになるのだろう。

ランドセン家に到着するまでの馬車の中で、私たちはフェノバール領の未来の話で盛り上がった。

屋敷に到着し中に入ると、家令が出迎えてくれた。

両親も先程夜会から戻り、今は着替えをしているらしい。

私たちもとりあえず用意された部屋に向かい、楽な服装に着替えることにした。

アーサー様も泊まると先触れを出しておいたので、彼の部屋も用意されている。

私はお化粧をおとし髪を解《ほど》いて、楽なワンピースドレスに着替えた。

「あ〜、生き返った！」

口に出して言うと、リカルド様がくすくす笑う。

「夜会でのいかにも貴族って感じのピシッとしたミディアも好きだけど、今みたいに緩《ゆる》いミディアも好きだよ」

「ありがとうございます。ビフォーアフターを見ても気になさらないリカルド様は貴重です」

「いや、どちらのミディアもミディアだからだよ」

？　何を言っているんだろう？　よく分からない。

少し休憩を入れた後、私たちは部屋を出た。

サロンには既《すで》に、両親とアーサー様、従姉妹《いとこ》のルビー姉様、エレノア姉様がいる。

「お久しぶりね。確か最後に会ったのは結婚前だったかしら」

「はい。ご無沙汰してます」

「すっかり公爵夫人らしくなったと言いたいところだけれど、あんまり変わらないわね」

「まぁまぁ、お姉様、ミディアは化ける時はちゃんと化ける子ですので、大丈夫ですわよ」

ルビー姉様にけちょんけちょんに言われた私を、エレノア姉様が救ってくれた。

エレノア姉様にはいつも夜会やお茶会のドレスを作って着せてもらっているので、私の化け具合いを知られているのだ。

「まぁ、こんなミディアでも公爵閣下が良いというのだから、問題はないのだけどね」

熟女の毒舌にリカルド様は笑っているが、アーサー様は居《い》た堪《たま》れないようだ。

「お姉様方、アーサー様はあんまり女子トークに免疫がないので程々《ほどほど》にしてくださいませ」

私の言葉にルビー姉様はふっと笑った。

「アリシア様の義弟でしょう？　私たちごときでびびっていては大変よ」

アリシア様ってどれだけ怖いんだ。

私はアーサー様はますます縁遠そうだなと思った。

暫《しばら》く雑談をした後、私たちは早速、仕事の話に入る。

「――明日、公爵閣下とミディアに紹介したい子がおりますの。私の片腕みたいな子です。フェノバール領に常駐できるので新事業の立ち上げを任せようと思っていますの」

エレノア姉様が真面目な顔で言った。

縫製《ほうせい》工場とドレスのデザイン工房の両方を見られる人がフェノバール領に常駐してもらえるのなら有り難い。

「領地の女性たちにお針の指導もしていただける？」

「もちろん。ドレスのことならなんでもお任せよ」

エレノア姉様が自信満々に請《う》け負《お》った。

それは心強い。

そうして私たちは、色々な事業の計画を詰《つ》める。

道路整備の技術者と騎士団の人たち、そして縫製《ほうせい》工場の立ち上げの人たちが領地に来ることが決まった。

フェノバール領も賑《にぎ》やかになりそうだな。

そういえば、私がリカルド様に嫁《とつ》いでもうすぐ一年になろうとしている。

フェノバール領は劇的に変わった。

それもこれもフェノバール領と領民を豊かにしたいと奮闘するリカルド様にみんなが引っ張られているからだろう。

ただ、私とリカルド様の関係はあんまり進展していない。

仲は良いと思うのだけれど、まだ清い関係だ。

周りからそろそろ後継のことを考えたらと言われることが増えたが、とりあえずはまだ若いからとお茶を濁《にご》していた。

母に「私はあなたの年であなたを産んだのよ」と言われたが、知らんがな。

私にはまだまだ領地のためにやらなきゃならないことがある。

子供はもう少し先と周りに言っているが、正直に言うと、私にも分からない。

リカルド様の身体は結婚したばかりの頃よりは回復してきたが、まだ後遺症がなくなったわけではない。今でも時々、酷《ひど》い頭痛や吐き気といった発作に襲われている。

チャーリー先生の薬である程度落ち着いているものの、いつ発作が起こるか分からないのだ。当然、閨事《ねやごと》ができる状態には戻っていないらしい。

私がまだ子供で女としての魅力に欠けるせいもあるのかもしれないが、毎晩、手を繋いで添《そ》い寝していても、色っぽい雰囲気にはまったくならなかった。

リカルド様の身体のことは余程近しい人しか知らない。知らせる必要もない。

私は私ができることでリカルド様を支えていく。リカルド様のチカラになってくれる人を増やしていく。

彼はそんなことを思わせる人なのだ。

実家に泊まっている今晩も、リカルド様は私に優しく話しかける。

「さぁ、そろそろ休もうか。明日も鍛錬《たんれん》するんだろ?」

そうだった。明日は久しぶりに騎士団の朝練に混ぜてもらうんだ。

「それでは、私たちは下がりますね。お姉様方、明日もよろしくお願いします」

私はお姉様方に挨拶《あいさつ》をして部屋に戻った。


次の日の朝。

私は早起きして騎士団と合流し、楽しく鍛錬《たんれん》をした。

いつもはリカルド様に手合わせをしてもらっているが、手加減してもらっているのを申し訳なく思っていたのだ。

今日のリカルド様は団長さんたちと剣を交えている。やはり力が拮抗している者どうしの手合わせは凄《すご》い。

私は満足して鍛錬《たんれん》を終える。

さらに美味《おい》しい朝食を食べ終わり、みんなで打ち合わせをした。その途中で、昨日話に出たエレノア姉様の腹心がやってくる。

「リカルド様、アーサー様、ミディア、紹介するわ。私の部下のレベッカですっ」

「レベッカ・エリミンと申します」

レベッカと名乗った女性は引《ひ》っ詰《つ》め髪にメガネをかけている。服装も、白いブラウスに黒い細身のロングスカートという、まるでガヴァネスのような雰囲気だ。

「レベッカは自分の格好には無頓着《むとんちゃく》なのよ。デザイナーとしては優秀なんだけどね」

エレノア姉様がフォローするが、私の心の声が聞こえたのか？

「私の服装はお客様に不快を与えなければなんでもいいのです」

この人も変わり者のようだ。

現に、レベッカさんと話をしてみたが、なかなか面白い。リカルド様やアーサー様もレベッカさんに対して悪い印象は抱かなかったみたいだ。

レベッカさんは現在、二十五歳。十歳から服職人として働いているベテランだという。貧乏男爵家の三女で「平民と変わらないです」と笑っていた。

彼女は用意ができ次第、何人かの職人を連れてフェノバール領に来てくれることになる。

騎士団からは、さすがに団長は無理ということで、副団長のマシューさんと団員のルークさんとハリーさんの計三人が騎士団発足の準備に来てくれる予定だ。

加えて、道路整備のほうは父の補佐をしている父の弟のメイソン叔父様が来てくれるそうだ。

今年はリカルド様が領主になって六年。

頑張ってきたことが少しずつ実ってきている。

私は領地に戻ったら、ライアンさんの奥さんたちと一緒に作っているハーブと薬草を使って石鹸《せっけん》や化粧水を作ろうという計画を練《ね》っていた。

今作っている、ジャムや果実水や果実酒といった食品の他にも女性の好むものを作りたいのだ。

絹のドレスや綿や麻の服もその一環だった。

もちろんビリーさんの牧場で採れるミルクやバター、チーズ、ヨーグルト、それを使ったケーキなんかも特産物にしたい。

今は、アーサー様が忙しくてとりかかれないものの、いずれは魔道具の生産もしたかった。

まだまだやりたいことは山ほどある。

「そうそう、リカルド様、商会を立ち上げる気はなくて？」

母が突然言う。

「商会ですか？」

「そう、フェノバール領の商品を売る商会。今はそれぞれのものを別々の販売ルートで売っているけれど、商会があればまとめて扱えるわ。そろそろ考えてもいいんじゃなくて？　我がランドセン家や王家も出資するわよ。多分マイスタン家やルビーやエレノアの家、その他にもあなたがやるなら出資したい家門はたくさんあるわ」

母は前のめりだ。

商会か。そこまで考えていなかった。

「商会があれば販路が開きますが、フェノバール家には人がいません。つまり、商会を任せられる人物がいないのです。私が領地をあけて飛び回ることは難しいし、アーサーも領地に必要です。誰か信用のできる人がいればなぁ」

リカルド様が考え込む。

私もう～んとうなり声を上げた。

確かにうちは人材不足だ。どこかに、信用ができてリカルド様のおメガネに適う人がいればいいのに。

「私のお友達のご子息なんだけど、今は他国の商会で働いている人がいるの。一度会ってみない？」

笑顔の母がますます前に出ながら言った。

「義母上《ははうえ》のお墨付きならお会いしてみたいです。おとりつぎいただけますか？」

リカルド様が母の申し出に快く乗る。

「もちろんよ。そう言ってくれると思ったわ」

母は初めからその人を売り込む気だったのだな。

アーサー様に続き、今度はどんな人に会わせるつもりなんだろう？

色んな人に会い、色んなことを決めた一日だった。

領地の屋敷に戻ったのは、夜遅くなってからだ。

「ミディア、明日は休みにしないか？」

突然、リカルド様が言う。

「休みですか？　リカルド様、体調が悪いのですか？」

「いや、そういうわけではないんだけれど、ちょっとゆっくりしたいと思ってね」

リカルド様は少し顔色が良くない。

ここのところずっと忙しくしていたし、昨日今日と大勢の人間と会って話し合いをしていたので、疲れたのかな。

「いいですよ。明日は決まった予定はないので、仕事をアーサー様とセバスチャンとマイクに押し付けてのんびりしましょう」

「ありがとう。湖に行こうか」

「はい。どこにでもお供しますよ」

その夜からリカルド様は熱を出した。


リカルド様の熱はなかなか下がらなかった。

深夜に彼の熱に気づいた私は、薬を飲ませて回復魔法をかけてみたけれど、私の魔法では力が及ばない。

ハーブや薬草も試してみたが、すぐには効果が出なかった。

アーサー様を起こそうかとも思ったものの、リカルド様が「すぐに下がるから大丈夫」と言うので様子を見ることにする。

朝まで下がらなかったらチャーリー先生に連絡を取ろう。

「ミディア、ごめんね。私のような男と結婚させられたばっかりに苦労かけるね。本当なら今頃は王立学校で学んでいるはずなのに。同世代の仲間と楽しい時間を過ごしているはずなのに。私みたいなお荷物を背負い込ませてしまったね」

「お荷物だなんて何を言っているんですか！　私は今とっても楽しいですよ」

「そうか、それなら良かった。私はもう元には戻らないのかな？　一生こんな身体のままなのかな？　ミディアにこんなに大事にしてもらっているのに。なんにも応えることができない」

熱のせいなのか、リカルド様はいつになく暗い。

私は同じ布団の中にいる彼をぎゅっと抱き締めた。

「戻りますよ。今、身体が闘っているんです。身体の中のいらないものを外に出そうとしてるんですよ。大丈夫。私が絶対、元の元気なリカルド様に戻します。だから安心して眠ってください」

なんの根拠もないけど力強く言ってみる。

やがてリカルド様はうつらうつらしだした。


朝になってもリカルド様の熱は下がらなかった。

ハンナに、アーサー様とチャーリー先生に知らせてほしいと頼む。

暫《しばら》くするとアーサー様が部屋に来た。

「ミディア様、リカルド様はどんな具合ですか？」

「頭痛はましになっているみたいだけど、熱が下がらないの」

アーサー様は手をかざしてリカルド様の身体を魔法でスキャンする。

普通の病《やまい》ならこれでどこが悪いのかすぐ特定できるらしいのだが、リカルド様の症状は魅了の魔法の後遺症によるもののようで、魔術スキャンでは体調不良の原因が見つからないらしい。

暫《しばら》くしてチャーリー先生が来た。

診察して、解毒剤と解熱剤を混ぜたものをリカルド様に注射する。

「多分、身体が元に戻ろうとしているんだ。それをまだ身体の中に残っている悪意魔法の残骸《ざんがい》が許すまいと暴れているんだろう。身体の中で正義と悪が闘っていると思ってくれればいい」

まだ悪の残骸《ざんがい》がいるんだ。

「先生、同じように魔法にかかった人たちはみんなもうお元気なのに、リカルド様だけが何故《なぜ》こんなに苦しむのですか？」

私の問いにチャーリー先生は苦々しい顔をした。

「リカルドはみんなより強くかけられていたからね。そもそも魔法がよく効く者は緩《ゆる》くかけるだけで済むんだ。リカルドは魔法に対する耐性が強かったのだろう。何度も何度も繰り返し、魅了魔法をかけられている。だから解呪も時間がかかったんだ。余程あの女を拒絶していたのだろうね。王太子としての責任感かな」

そんなに相手が嫌いだったのに、魅了の魔法にかかってしまうのだなぁ。

「チャーリー先生は緩《ゆる》かったのですか？」

不意に頭に浮かんだ疑問が口をついて出た。

あっ、聞いちゃいけなかったか。

「ごめんなさい。気を悪くしないでください」

「大丈夫。気を悪くなんかしない。私は今でも悪夢を見るくらいかな」

チャーリー先生は目を伏せる。一瞬の後、気を取り直すように言った。

「でも、リカルドは結婚してから奥方の回復魔法のお陰でかなり良くなっているんですよ」

「私の拙《つたな》い魔法で？」

そんなふうには思えないけど。

「結婚してから、診察する度に身体の中の魅了魔法の残骸《ざんがい》が減っているし、リカルドの身体だけじゃなく心が回復しているのが分かるんですよ。だから、これからもずっとリカルドに回復魔法をかけ続けてほしいんです。愛のチカラに勝るものなしですからね」

愛のチカラなんて言われたら、恥ずかしくなる。

「熱はもうすぐ下がるから、奥方は傍《そば》にいてあげて。私たちは外に出ます。何かあったらいつでも呼んでくれていいですから」

チャーリー先生はそう言うとアーサー様やセバスチャンを追い出し、自分も部屋の外に出た。

ハンナが冷たい果実水を持ってきてくれる。

「ミディア様もあまり根を詰《つ》めないようにしてくださいましね。また参りますので」

そう言って彼女も下がり、部屋には私とリカルド様だけになった。

私は彼に回復魔法をかけながらいつもの子守唄を歌う。歌が広がってリカルド様を包むように。

彼が一日も早く魅了から解放されますように。

あの事件の関係者がみんな幸せになり、リカルド様の肩の荷が下りますように。

私は子守唄に祈りを込めた。

リカルド様の熱が下がったのはそれから三日後だ。

そして代わりに、今度は私が過労でダウンした。


リカルド様の熱が下がって安心したのか、私は疲労で倒れた。

よくよく考えたら夜会の次の日から三日間寝ていない。ただの寝不足だろう。寝れば復活するはず。

それなのにリカルド様はこんな時とばかりに私の世話を始める。

チャーリー先生の診立《みた》てでも、過労からの風邪。おとなしく寝てれば治るだろうとのこと。だから、ほったらかしてくれていいのに。

「いつもミディアに看病してもらってるから、今日は私が看病するよ」

リカルド様はベッドサイドに座り、手のひらから出した氷魔法で私の頸部を冷やす。

身体が熱っぽいので冷たい手が気持ちいい。

「ミディアは無理しすぎだよ。まぁ、私が無理させてるんだけど。もっと私を頼ってほしい。私は頼りないかな？」

「頼りなくなんかないですよ。頼りにしてます。リカルド様がいるから私は無茶できるんですよ。幸せです」

そう言って、私はふふふと笑った。

その日はリカルド様がずっと私を甘やかしてくれた。その日だけじゃなくて、いつも甘やかしてくれているんだけどね。

元々元気な私は、次の日にはすっかり体調が良くなった。

私が体調を崩していると聞き、領民たちは「ご懐妊では？」と言っていたらしいが、そんなわけがない。

私たちはまだ「白い結婚」のままだものね。


それから二ヶ月ほどして、母が紹介してくれた他国の商会で働いている令息に会う日が来た。

話がまとまれば商会を立ち上げ、まとまらなければ延期する予定だ。

私たちが屋敷で待っていると、その人がやってくる。

「お久しぶりでございます。リカルド殿下」

そう丁寧《ていねい》に挨拶《あいさつ》した。

知り合いなの？

リカルド様がぱっと目を見開く。

「オーウェン？　オーウェンなのか」

「はい。オーウェンでございます」

「やめてくれないか、そんな他人行儀な言葉」

「久しぶりだからね」

アーサー様もその人を見て驚いている。

「まさかドラール卿？　無理です。私は絶対無理です」

そう言うと姿を消してしまった。

ドラール卿？

前にアーサー様の口からその名前を聞いたことがあるような気がする。

確か、兄とジャックさんとドラール卿を嫌悪していると言っていたような。

「アーサー、どうしたのかな？」

「さぁ、どうされたのでしょうね」

「ミディア、紹介するよ。彼はオーウェン・ドラール。ドラール公爵の令息だよ」

「初めてお目にかかります。オーウェン・ドラールと申します。今は分家の男爵ですので、ただのオーウェンとお呼びください」

オーウェン様が私に挨拶《あいさつ》してくれる。

「オーウェン様、お初にお目にかかります。ミディアローズ・フェノバールでございます」

私は綺麗なカーテシーをバッチリ決めた。

「彼は？」

オーウェン様は消えたアーサー様が気になるようだ。

「あの人はアーサー・マイスタン。マイスタン侯爵の弟君です。フェノバール領で仕事を手伝ってくれています」

私がそう言うと、オーウェン様は苦々しい顔をした。

「アルダールの弟か」

「あぁ、いい奴なんだよ」

リカルド様が微笑《ほほえ》む。

「そうだな。いい奴なのは知っている。だが、私は彼に酷《ひど》く嫌われているからな。上手《うま》くやれるだろうか」

あの時のことが原因なのだろうが、何故《なぜ》、アーサー様はそこまでオーウェン様を嫌っているのだろう。

「二人で腹を割って話してみてはどうですか？　思い違いがあるのかもしれませんよ」

私がそう言うとオーウェン様は首を横に振った。

「思い違いはないですよ。私と彼はあの当時、倫理的な観点で相容《あいい》れないものがあった。それだけです」

倫理的な観点？　何やら言い回しが難しい。

「とにかく、商会について話を聞かせてほしい。セレナール商会のオスカー・セレナール侯爵に色々教えてもらいながら商会を開く準備をしているんだ」

オスカー・セレナール侯爵はルビー姉様のご主人だ。彼は入婿《いりむこ》で、手広く商売をしていた義父の跡を継いでいる。

姉様たちのサロンもセレナール商会の傘下《さんか》だし、そもそもセレナール侯爵家は私の母の実家だ。

「私はセレナール商会の隣国の支店で働いていたから話は聞いている。フェノバール商会はセレナール商会の傘下《さんか》として始めるんだろう」

「あぁ。オーウェンはセレナール商会にいたのか」

「そうなんだ。あの事件の後、先代のセレナール侯爵が私を預かってくれたんだ」

二人の話が私にはよく見えない。

先代のセレナール侯爵とは母の兄。つまり私の伯父さんで、ルビー姉様とエレノア姉様の父親だ。

伯父様の商会はあちこちの国に支店がある。このオーウェン様はそこで働いていたようだ。

しかし、ドラール公爵は宰相の職に就《つ》いている。

つまり、この人は宰相の令息なのだろう。ということは、母は宰相夫人ともお友達なのか？

お母様、顔が広すぎます。

我が母ながら驚いてしまう。

さすが元社交界の花。現社交界の裏のボスと囁《ささや》かれているだけある。

それにしても、オーウェン様とアーサー様は仲良くなってくれるかな？

私は一瞬、先行きが不安になったものの、すぐに「どうにかなるでしょ」と開き直った。

◇　◇　◇　＊アーサー

ジャックさんが去って、嫌な奴がいなくなったと思っていたのに、まさかドラール卿がやってくるとは思わなかった。

ドラール卿は兄上やジャックさんたちと同様、魅了の魔法にかかった当時のリカルド様の側近だ。父親は宰相だった。

もしあの事件がなければ、今頃は王太子の右腕——次期宰相として腕をふるっていたはず。頭の切れる優秀な人だったと記憶している。

それなのに、兄とジャックさんを含めたあの三人は当時、あの女に傾倒していた。身も心もズブズブの関係だったのだ。

あの女はリカルド様と結婚して自分は王太子妃となり、側近の宰相、騎士団長、魔導士団長、宮廷医師団長を愛人にすることで、この国の全てを意のままに動かすつもりだったのだろう。

リカルド様とチャーリー先生は魔法にかかりにくかったようで、あの女に気持ちが傾くまで随分時間がかかったと記憶している。もっとも、彼らも最後には魅了の魔法に負けて婚約者と婚約解消してしまった。

一方、ジャックさんと兄上は間違いなくすぐに魔法にかかった。

だが、あのドラール卿は本当に魔法にかかっていたのだろうか？　あの女が現れる以前も、婚約者がいたのにもかかわらず色んな女性と付き合っていた気がする。

彼はただの不誠実な男に違いない。

あんな男がこの素朴なフェノバール領に住むなんてダメだ。都会の怖さを知らない領地の娘たちはみんな騙《だま》されてしまう。

それに、ミディア様に何かあったら大変だ。

なんとしてもあの男をフェノバール家に近づけるわけにはいかない。

そうだ。チャーリー先生に相談してみよう。

私はチャーリー先生の診療所を訪れた。


「――なるほど。オーウェンが戻ってきたか」

私がドラール卿が領地に来たことを告げると、チャーリー先生は何やら含み笑いをした。

「あんな男がフェノバール領にいては領地の女性たちが心配です」

真面目に相談しているのに、彼はけらけらと笑う。

「アーサー、ここだけの話にしてほしいのだがな」

笑いが収まると、チャーリー先生は声を下《お》として真剣な表情になった。

ここだけの話？

「防音魔法をかけますか？」

「頼む」

余程内密な話なのか？

「あいつは国の諜報機関で働いている。女性と浮名を流していたのは情報収集のためだ。あいつと、あいつの婚約者と言われていた令嬢もどちらも諜報部員だよ」

えっ？

私は全く知らなかった。我が国に諜報機関があることも諜報部員がいることも。

チャーリー先生が話を続ける。

「私は魔法にかかっていたから後になって聞いた話だけど、国王と王妃直々にあの女を調べろと命令されていたらしい。それであいつは、あの女とねんごろになり情報を聞き出した。女はあいつが魅了の魔法にかかっていると思い込み色々喋《しゃべ》ったそうだよ」

「あの女が魅了の魔法を使うということを陛下たちは把握していたのですか？」

国王陛下たちは全て知っていて泳がせていたのか？

「いや、それは知らなかったと聞いた。陛下は当時あった謀反《むほん》の噂について調べたかったようだ。まさか、王太子に禁忌の魅了の魔法を使うとは思わなかったのだろう。オーウェン以外の私たちはみんな、単純にあの女に手玉に取られていると考えていたようだ」

「やはり、私や兄上が気づくべきだった。そうしたら誰も不幸にはならなかったのに」

「まぁ、そう自分を責めるな。お前やアルダールだって、まだあの頃は未熟だったんだよ」

チャーリー先生は私の頭に手を置いた。

「しかし、オーウェンが来たとなると、陛下はオーウェンにフェノバールを探らせようとしているのか？　それとも諜報機関を引退させて、リカルドに仕《つか》えさせるつもりなのか？　アーサー、お前、一度腹を割ってオーウェンと話をしろ。オーウェンがどんな任務で来たのか、お前は知っておく必要がある。場所は私が用意する」

そう言った後、彼は腕組みをして何やら考え込んだ。

私はフェノバール邸に戻った。

とりあえずオーウェン・ドラールは要注意だ。距離を置き、それとなく監視しよう。

◇　◇　◇　＊オーウェン

陛下の命令でリカルドのもとへ行くと、そこにはアルダールの弟がいた。

あいつはあの女を探っている時から俺に軽蔑《けいべつ》の眼差《まなざ》しを向けていた。

きっとこの領地でも、俺が領地の娘たちを弄《もてあそ》ぶとでも思っているのだろう。

俺の正体を明かして協力をあおぐべきかな。

いや、あいつが味方に引き入れる価値のある男かどうか、もう少し様子を見るか。

とにかく俺は、このフェノバール領の様子を色々調べなければならない。

あいつらはここにはまだ来ていないようだな。

だが、そろそろ来る頃だろう。

俺は気を引き締めた。

エピローグ

領地に現れてすぐ、オーウェン様は領地の様子が見たいと言ったので、屋敷に滞在してもらうことになった。

アーサー様は相変わらずオーウェン様と関わりたくないようで、朝早くから夜遅くまで領地に出ている。

今日はレベッカさんが職人さんを連れて領地にやってくる予定だ。縫製《ほうせい》工場が出来上がるまでは、ドレス工房で小規模に仕事をすることになっている。

そこで主に貴族向けの普段着のドレスを作る。

加えて、そろそろ実家の騎士団のマシュー副団長とルークさん、ハリーさんも到着する頃だ。

一応、レベッカさんたちの工房はアーサー様に、騎士団はマイクにお願いしている。もちろんリカルド様は領主として全体を見るが、最近は細かいところは担当者に任せるようにしていた。

「フェノバール領は良くなった。以前と比べると全く違う。リカルドの力だな」

オーウェン様にそう言われてリカルド様は嬉しそうだ。

「ありがとう。みんなが頑張ったからだよ。それにミディアが来てくれてから領民たちがいきいきしだした。ミディアの持ってるチカラがフェノバール領そのものにチカラを与えているんだと思う」

「ミディアローズ様は魔法使いというわけか？」

オーウェン様が私に笑顔を向けた。

いやいや、私はただのミディアローズよ。

「魔法使いと言うほど魔法は使えません。私はただの旗振《はたふ》りです」

「良い旗振《はたふ》りですよ」

彼は爽《さわ》やかにそう言って、すぐにリカルド様に話を戻す。

「そういえばチャーリーに聞いたけど、身体も随分回復しているらしいな」

彼の言うとおり、この間熱を出して以来、リカルド様はずっと元気だ。今までのような小さい発作も出ていない。

「あぁ、それもミディアのお陰だよ。ミディアと結婚してから私はいいことばかりだ」

リカルド様が嬉しそうに言った。

私もいいことばかりだわ。最初は嫌だったけど、リカルド様と結婚して本当に良かった。毎日充実していて楽しい。

でも一緒にいればいるほど、リカルド様は王太子殿下だった方なんだなぁと思えてくる。なんだろうな、生まれ持ったカリスマ性とでも言うのかな。

初めて会った日、この邸の自室に籠城《ろうじょう》していた姿は、世を忍ぶ仮のものだったのかしら？

あの日は酷《ひど》かったなぁ。ブチ切れたのが今は懐かしい。

本当なら、リカルド様はポーレッタさんと結婚して国王になっていたのだろう。そして私は王立学校を卒業して騎士になるか、文官になるか悩んでいたに違いない。

人の人生なんて本当に分からないもんだ。

「ミディアローズ様は商会の立ち上げに携《たずさ》わらないのですか？」

「私は旗振《はたふ》りだけですわ。実務は専門家がしたほうが良いと思うんです。私がやるより、適任者がいるはすです」

確かに商会は楽しそうだけれど、今の私の仕事は公爵夫人だ。フェノバール領では表だった仕事がそれほどないが、社交のあれこれは山ほどある。

幼い頃から母を見て、何をしなければいけないかは学んでいた。

それほど目立っていないのかもしれないが、フェノバール公爵家に嫁《とつ》いで一年、私は公爵夫人としての仕事もちゃんとやっているのだ。

「オーウェン様は宰相になりたかったのではないのですか？」

「そうだね。オーウェンが宰相になったら国王はやりやすいと思うよ」

おっとまた口がいらんことを言ってしまった。

リカルド様が上手にフォローしてくれて助かる。

「私は宰相より面白いことがしたいです。商会をしながらあちこちの国に行ったり、色んなものを売り買いしたり、新しいものを見つけて広めたり。今の仕事のほうが向いています。まぁ、リカルドが国王になるなら宰相になってもいいですよ」

「そういうことなら、ないな。私はもう国王にはならないから」

リカルド様がキッパリと言った。

「ミディアローズ様も商会の仕事が向いている気がします。まぁ、それよりももっと向いている仕事がありますがね」

オーウェン様はそんなことを言う。

私に向いている仕事？　なんだろう。

「それはなんでしょう？」

「秘密です。他人に言われてもつまらないでしょう」

オーウェン様は不思議な人だ。どこまで本当でどこまで建前か分からない。

まあでも、私はこの領のため、リカルド様のために、自分のやるべきこと、やりたいことを全力でやるまでだ。

今までもそうしてきたし、これからもそうするつもりだ。

「――リカルド様〜！　ミディア様、エリミン嬢がいらっしゃいました」

家令のセバスチャンが知らせに来た。

いったん屋敷に寄ってもらってから工房に行ってもらおう。

さぁ、忙しくなるよ。頑張って旗《はた》を振らなきゃね。

私は気合を入れると、勢い良く駆け出したのだった。

番外編　ミディア新婚旅行に行く

それはまだ、私とリカルド様が結婚して間もない頃の話——

リカルド様と結婚して、私、ミディアローズはフェノバール公爵夫人になった。まだ十五歳なのに公爵夫人なんてピンと来ない。

それでもリカルド様と一緒に領地を回り、色んな人を紹介してもらう。

彼は領民にとても人気がある。

領民は皆、あの魅了魔法の事件については何も知らないようだ。

貴族の間では有名な話でも平民の中ではそうでもないのだろう。しかも王都から少し離れた土地だ。領民は自分たちの生活が精一杯で貴族の噂話など興味がないのかもしれない。きっとリカルド様が元王太子だったことも知らないと思う。

彼らにとってそんなことはどうでもいい。自分たちの生活を楽にしてくれる領主ならどんな背景があっても構わないのだ。

フェノバール領の民は、今まで酷《ひど》い領主に苦しめられていたという。リカルド様が領主になった時も、なかなか受け入れてもらえなかったそうだ。

リカルド様はずっと一人で頑張ってきた。

フェノバール領の領主になってからだけじゃなく、多分生まれた時から国王になるためにストイックに頑張ってきたのだろう。

結婚してからほとんどの時間一緒にいるからそれが分かった。

リカルド様は頑張ることしかできない。頑張ることが普通なのだ。休み方や手の抜き方、ズルのやり方を全く知らない。

本当にこんな人がいるんだ。

初めてそんな人がいることを知り、私は驚いた。

そして、リカルド様のガチガチに固まった身体と心を緩《ゆる》めてあげたいと思うようになったのだ。

そこで、自分に母性本能があったことを初めて知った。

リカルド様とはポーレッタさんと彼女のご主人が結婚祝いに贈ってくれた大きなベッドで一緒に眠っている。

魅了の魔法の後遺症で閨事《ねやごと》はできないが、毎晩、子守唄を歌い、回復魔法を流しながら彼の手のひらを揉《も》みほぐし、心と身体の強張りをとっていた。

私の拙《つたな》い回復魔法にどれくらい効果があるか分からないけど、リカルド様はぐっすり眠れるようになったみたい。うなされることもなくなった。

それについて、セバスチャンから毎日お礼を言われている。

セバスチャンはリカルド様の苦しむ姿を近くで見ていて知っている。だから嬉しいらしい。

乗りかかった船だ。私は私のできることを目いっぱいやり、このフェノバール領とリカルド様のために尽くしたい。

私はフェノバール領のみんなやリカルド様と幸せを分かち合いたいと思うようになっていた。

幸い、フェノバール領にアーサー様が来てから、リカルド様は少し楽になっているようだ。彼は思っていた以上に有能だった。今まで引きこもって内に秘めていた力が一気に放出されているようだ。


そんなある日。

突然、王妃殿下が我が家に現れた。

「ミディアちゃんの十六歳のお誕生日プレゼントを陛下と色々考えたの。それで、私たちからミディアちゃんとリカルドに旅行をプレゼントすることにしたわ」

王妃殿下は移動魔法を使い、ちょこちょこ我が家を訪れる。今日はプレゼントをくださるとおっしゃった。

そういえばもうすぐ私は十六歳になる。去年の今頃、まさか十六歳のお誕生日に人妻になっているなんて想像もしていなかった。

「母上、旅とは？」

リカルド様が王妃殿下に尋ねる。

「あなたたちは蜜月休みがなかったでしょう。アーサーが来てから時間が少しできたみたいだし、この辺りで新婚旅行をしたらどうかと思ったの」

新婚旅行か。そんなこと思いもしなかったわ。

「行き先はエスタゾラム王国よ。我が国の友好国で、私はあちらの女王と懇意《こんい》にしているの。あの国は女王の国だから他の国と少し違っていて面白いわよ。フェノバール領にとって勉強になることが色々あると思うわ」

新婚旅行と言いながら、勉強か。

エスタゾラム王国の話はなんとなく聞いたことがある。

あの王国は代々女王が国のトップである。女王は王配を娶《めと》り、生まれた女児が後を継ぐ。男児には王位継承権がないそうだ。

対して、我が国は俗に言う男社会だ。まだまだ女性が活躍できる場所が少ない。

羨《うらや》ましいことにエスタゾラム王国は仕事をしている女性が多いと聞く。当主が女性の貴族の家もたくさんあるそうだ。貴族だけでなく市井《しせい》にも働く女性が多い。未亡人になったり、離縁して実家に戻ったりしても、生きるために泣く泣くどこかの後妻になる必要はなく、ちゃんと自分で働いて生活ができる。

「実際に見てみるのもいいかもしれないな。フェノバール領にとって参考になるかもしれない」

リカルド様は進歩的な考えの人で、フェノバール領では、男女年齢関係なく、適材適所、それぞれが力を発揮できる場所で活躍してもらいたいと言っていた。もちろん私もその考えに大賛成だ。

「エスタゾラム王国、楽しみですね」

「新婚旅行というより視察旅行になりそうだね。でも私たちにはそのほうがいいかもしれない……」

リカルド様の返事は小さく、よく聞こえなかった。


いよいよ出発の日が来た。

玄関の前に馬車が停められている。

「ミディア様、くれぐれも変なことをしないでくださいよ。心配だなぁ」

見送りに出てくれたアーサー様が腕組みをして私を睨《にら》む。

「アーサー、大丈夫だよ」

私の隣にいるリカルド様がくすっと笑った。

「私もしっかり見張っておきます。他国に悪名がとどろいては困りますからね」

一緒に行くメアリーも心配そうだ。

悪名って何よ。

アーサー様が胸を張る。

「フェノバールのことは心配しなくても大丈夫です。リカルド様がお戻りになるまでしっかり目を光らせておきます」

「アーサー、よろしく頼む」

リカルド様が彼の肩に手を置いた。

行きはアーサーの魔法で馬車ごと移動して、帰りはのんびり馬を走らせる予定だ。

私たちは馬車に乗り込んだ。

「じゃあね、アーサー様。行ってくるわ」

「はい。お土産《みやげ》待ってますよ」

「何か面白いものを見つけてくるわ」

アーサー様が指で魔法陣を描いているのが見える。

「では、飛ばしますよ」

いよいよか。

いきなり視界が歪《ゆが》む。

この瞬間はいつも魂《たましい》が抜けるような気がして不安になる。

私は隣に座っているリカルド様の手を両手でギュッと握った。リカルド様は優しく微笑《ほほえ》みながらもう片方の手をそれに重ねてくれる。

「ミディア大丈夫だよ。私がいるからね」

「はい」

リカルド様にそう言われるとなんだか安心する。歪《ゆが》んだ視界が真っ暗になり、また歪《ゆが》む。その歪《ゆが》みがだんだん正されていった。

視界が正常に戻り切ったら到着だ。時間にしたら五分くらいだろうか。

どうやら無事に到着したようだ。

馬車の扉が開かれ、リカルド様が先に降りた。

私が降りやすいように、御者台《ぎょしゃだい》に座っていた従者のマイクがステップ台を用意してくれる。私は背が低いだけだ。決して足が短いわけではない。

私は先に降りたリカルド様のエスコートで馬車から降りた。

「お待ちしておりました」

四十代半ばくらいの男性が頭を下げている。

「私はこの離宮の管理を任されておりますヨハンと申します。長旅お疲れ様でした。まずは屋敷の中でゆっくりとお寛《くつろ》ぎください」

そして、応接室のようなところに案内された。

荷物はこの屋敷の使用人がテキパキと運んでいる。客間に持っていくのだろう。

女性もいる。皆、すごく感じがいい。使用人として鍛《きた》えられているのが分かる。

応接室のソファーに座って出されたお茶を飲んでいると、背の高い中性的な美人が現れた。フリフリしたブラウスにトラウザーズ姿だ。燃え盛る火のような色をした長い髪を後ろで一つに縛っている。

男装の麗人？　女性だと思うのだけれど……

その人は私たちを見てにっこりと微笑《ほほえ》んだ。

「初めてお目にかかります。今回お二人のお世話をさせていただくことになりました、私はエスタゾラム王国、王太子のオクタヴィアと申します。本日は非公式ということなので、普段の姿で失礼させていただいております。ご容赦《ようしゃ》ください」

この国はドレスでなくてもいいのだろうか？　王太子が許されているのであれば、客人も問題ないはず。

私もいいかな？　コルセットやドレスが苦手な私としては、それはものすごく嬉しい。

リカルド様が挨拶《あいさつ》を返した。

「本日は殿下自らご足労いただき痛み入ります。私はノルスバン王国で公爵をしております、リカルド・フェノバールと申します。これは妻のミディアローズです。私たちは日々、領地の運営に試行錯誤《さくご》を重ねており、エスタゾラム王国のやり方を手本にさせていただきたく参上いたしました。ご指導よろしくお願いいたします」

リカルド様の挨拶《あいさつ》は難しい言葉だらけだわ。

けれど、オクタヴィア殿下は苦もなく会話を引き取った。

「お二人にエスタゾラム王国の色々な取り組みを見せてやってほしいとノルスバン王国の王妃殿下から依頼されております。今夜は内輪だけの食事会、最終日には小規模な夜会を予定しております。早速、明日からいくつか見学していただきましょう。ただ新婚旅行ということなので、十日間のうちの最後の三日間は、王都の南にある森の中の別荘にお二人で滞在してはいかがでしょうか？せっかくの新婚旅行なので、邪魔者なしでラブラブしてください」

ラブラブって何？

オクタヴィア殿下はニヤニヤ笑っている。

「羨《うらや》ましいですね。私はまだ婚約者もいないのですよ。ノルスバン王国にどなたか佳《よ》き人はおりませんか？　紹介してください」

両手を前に組み、懇願《こんがん》するようなポーズをとった。

「王配殿下候補ですか？　難しいですね」

リカルド様が言うとおり、我が国にそんな人はいないと思う。

「お力になれず申し訳ありません」

「フェノバール公爵閣下、お気になさらないでください。王配探しは本当に難しいのです。そうそう、私のことはオクタヴィアとお呼びください。言葉も崩してくださって結構です。それと、私はこんな男性のような話し方ですが、気にしないでいただけるとありがたいです。王太子といえど、まだ未熟者、こちらこそよろしくお願いします」

オクタヴィア殿下は笑顔がとてもチャーミングな人だ。言葉遣いはわざと男性っぽくしているのかな？

リカルド様が彼女と握手をしたのに合わせ、私は会釈《えしゃく》をする。

オクタヴィア殿下が私の前に来て目線を合わせ、手を取った。

なんだろう？

そしてすぐにリカルド様の顔を見る。

「若い可愛い奥様なのですね。仲睦《なかむつ》まじそうで羨《うらや》ましい。やはり恋愛結婚はいいですね」

彼女は立ち上がり、私に向かってにっこりと微笑《ほほえ》む。

仲睦《なかむつ》まじそう？　恋愛結婚？　誤解だわ。さっきもラブラブって言ってたし……

リカルド様も困っているようだ。

「恋愛ではないです。王命みたいなもので仕方なく私に嫁《とつ》いできてくれました」

王命というわけではないんだけど……

リカルド様の返答に、オクタヴィア殿下は目を丸くした。

「そうでしたか。あまりにも閣下が愛《いと》おしそうにしていらっしゃるので、てっきり恋愛による結婚かと思いました。奥様はおいくつですか？」

愛《いと》おしそう？　ないない。

オクタヴィア殿下は何を勘違いしているんだ。愛《いと》おしそうではなく、リカルド様は私が何かやらかさないか心配なだけだ。

「十六になったばかりです」

「なんと、お若い！　私より五歳も年下なんですね。では、十五歳でご結婚されたのですか？」

「ええ、まぁ……」

彼女の勢いにリカルド様は引きぎみだ。

リカルド様、困ってるな。

「閣下はおいくつなのですか？」

オクタヴィア殿下、ぐいぐいくるな。

「今年二十八になります」

そこでリカルド様は俯《うつむ》いてしまった。

「殿下それくらいにしてください。お二人は長旅でお疲れなんですよ」

見かねたのか、ヨハンさんが中に入ってくれる。

「そうだね。申し訳ありません。あんまりに若く可愛い奥様なので、お二人のなれそめに興味が湧いてしまいました。ひょっとして奥様はまだデビュタント前ですか？」

「殿下、しつこいですよ」

彼はぱしっとオクタヴィア殿下を叱《しか》った。

「妻はまだ社交界にデビューしていないのです。お手柔らかにお願いします」

リカルド様が苦笑いする。

「今夜の食事会も最終日の夜会も内輪だけのものなので、あまり気を張らなくても大丈夫です」

オクタヴィア殿下は楽しそうにふふふと笑った。

「あのう……よろしいですか？」

私は恐る恐る話しかけてみる。リカルド様が驚いたように私を見た。

「はい。なんでしょう？」

オクタヴィア殿下はまた私の前に来て、子供に話すように膝を折り顔を合わせてくれた。

「明日からの見学の時の服なのですが、私もドレスではなく、殿下のようにトラウザーズでもよろしいですか？」

ダメかな？　ダメかもね。

オクタヴィア殿下は一瞬驚いたように目を丸くする。

「ドレスではなくて、トラウザーズ？　もちろん大歓迎です。奥様はお転婆さんなのですね。まさか朝は剣の稽古や鍛錬《たんれん》をなさったりしておられるのでしょうか？」

殿下も鍛錬《たんれん》するのかしら？

「はい。リカルド様と一緒に毎朝やっております。こちらでも朝は鍛錬《たんれん》をしようと思っております」

「お～！　それは嬉しい！　ぜひ私も交ぜてください。一緒にやりましょう！」

そこで、殿下に抱きつかれた。

リカルド様に目をやると苦笑いしている。

「殿下！」

オクタヴィア殿下はヨハンさんにまた叱《しか》られた。

殿下はよく叱《しか》られているなぁ。親近感が湧いてくるわ。

「申し訳ない。嬉しくて」

彼女は身体を離し、私に頭を下げた。

「大丈夫です。ちょっとびっくりいたしましたが、私も一緒に鍛錬《たんれん》できるのは嬉しいです」

オクタヴィア殿下の話では、この国は男女平等とはいえ、まだまだ剣を手にする女性は少ないらしい。騎士団の稽古に時々参加しているが、みんな王女相手では本気で剣を交えてくれないので面白くないそうだ。

「閣下はノルスバン王国では王家の鋼《はがね》と呼ばれるくらい剣の腕が立つと聞き及んでおります。もしよろしければ、我が国の騎士団に稽古をつけていただけませんか」

「殿下なりません。閣下はお客人なのですよ。ご自重ください」

「もう、ヨハンはうるさい」

再度ヨハンさんに諫《いさ》められ、オクタヴィア殿下は子供のように頬をぷうっと膨らませる。

「殿下とヨハンさんは仲良しなのですね」

「ヨハンは私の乳母の夫なのです。ヨハン夫妻に育てられたようなものですから、ついつい子供のようになってしまいます。お恥ずかしいかぎりです」

「いえ、プライベートなお姿を見られて嬉しいです」

「奥様が鍛錬《たんれん》しているなんて言うからですよ。私のことはヴィアと呼んでください。仲良くしましょう」

「では、私のことはミディアと呼んでくださいませ」

「ミディアね。分かった。今から私たちは友達だ。――じゃあ、ヨハンがうるさいからそろそろ戻ります。夜に馬車を迎えにやります。また食事会で会いましょう。閣下、失礼いたします」

殿下は綺麗なカーテシーをして場を後にした。

「殿下は本来自由な方なのですが、今は王太子の立場に縛られているので、奥様のような仲間を見つけられて嬉しかったのでしょう。通常、客人の前であんな姿は見せないのですが……。申し訳ありません」

ヨハンさんが頭を下げる。

「頭を上げてください。こちらこそ、ミディアと友達になってくれて嬉しいです。王太子とは何かと辛《つら》いものですから、ヨハンさんも大目に見てあげてください」

リカルド様が重々しい口調で応じた。

そして私たちは客間に案内される。

客間はとても広い。サロンのような部屋と寝室が繋がっている。従者や侍女の部屋もついていた。

「オクタヴィア殿下が気さくな方で良かったですね」

「そうだね。ミディアと気が合いそうだ。しかし、お忍びの新婚旅行だと母上は言っていたが、完全に視察旅行だな。騙《だま》されたようで、ミディア、すまない」

リカルド様が申し訳なさそうな顔になる。

「いいではありませんか。のんびりするより楽しいですわ。私は刺激的でワクワクしております。食事会や夜会はちょっと気が重いですが、なんとかなりますよね。どんとこいです」

私はおどけて胸を叩《たた》いた。そんな私の頭をポンポンしながら、リカルド様は微笑《ほほえ》む。

「ミディアはいつも後ろを向きそうになる私の頭を持ってきゅっと無理やり前を向かせてくれる。本当にミディアで良かった」

え？　私そんなことしてないけど……

その時、扉を叩《たた》く音がした。

「ミディア様、よろしいですか」

メアリーの声だ。

「いいよ」

私が返事をするとすぐに、扉が開く。

「公爵夫人が『いいよ』とは何事ですか！」

叱《しか》られてしまった。

リカルド様は笑っている。

「まぁまぁ、メアリーいいじゃないか」

「リカルド様が庇《かば》うからミディア様がつけあがるのです。リカルド様も厳しくしてくださいませ」

「善処する」

リカルド様も叱《しか》られてしまった。巻き込んでごめんなさい。

「それで、メアリーどうしたの？」

「夜の食事会の準備ですわ。ノルスバン王国の公爵夫人が舐《な》められては困りますからね。結婚式の時くらいまで化けていただきますよ」

また化けるのか。内輪の食事会だよ。

しかし、メアリーはやる気満々だ。

私は諦《あきら》めてメアリーに全てを委《ゆだ》ねることにした。

「もうすぐ王宮から迎えの馬車が到着するそうだよ。準備はどう？」

暫《しばら》くして、部屋を一時出ていたリカルド様が呼びにきた。私の姿を見て固まる。

「ミディア綺麗だ。ドレスもよく似合っている。いつものミディアも可愛くていいが、今日のミディアは綺麗でいいな。どちらも好きだよ」

もう、何を言っているのだか。

「リカルド様、今日は大人可愛いバージョンにしてみました。ミディア様は本当に化けてくれるのでやりがいがありますよ」

メアリーがドヤ顔で胸を張る。

リカルド様のエスコートで玄関に行くと、ヨハンさんまで目を見開き固まった。私の化けっぷりに驚いているのだろう。

「夫人、とてもお美しいです。いってらっしゃいませ」

ヨハンさんに見送られ、リカルド様とすっかり公爵夫人に化けた私は馬車に乗り込み食事会の会場に向かった。

会場に到着すると、女王陛下と王配殿下はもうお見えになっていた。私たちは慌ててご挨拶《あいさつ》に向かう。

女王陛下は濃いブルーのドレスを着ている。

王配殿下の瞳の色かな。ラブラブなのね。

彼女はすぐに私たちに気がつき手招きをした。

「リカルド殿、お久しぶりね。元気になって良かったわ」

リカルド様は知り合いなのかな？

「ご無沙汰しております。その節は色々ご心配をおかけし、申し訳ありませんでした」

「アビーがお嫁さんのお陰だって喜んでいたわ。確かにこんなに若くて綺麗なお嫁さんなら元気にならなきゃ仕方ないわね」

女王陛下がクスクス笑う。

「母がそんなことを……」

リカルド様は嬉しそうだ。

その時、後ろから聞き覚えのある声がした。

「ミディアなのか？」

ものすごく華やかで綺麗な人が私の顔を覗《のぞ》き込《こ》んだ。

この髪色は……

「まさか、ヴィア様？」

「「え～!!」」

私たちは顔を見合わせ同時に叫ぶ。

「ヴィア、お客様に失礼よ」

オクタヴィア殿下が女王陛下に叱《しか》られる。

「ミディア、化けたね～」

「ヴィア様こそ」

どうやら私たちは似たもの同士のようだ。二人とも昼間の自分とは別人になり食事会に挑んでいる。

「社交界はいつ誰に足をすくわれるか分からない世界だから、化けないとやってられない。今日は家族だけだから少し抑えたけど、他人が多い所ではもっと完璧に化けるんだ」

オクタヴィア殿下がそう言う。

そんな世界なのか。噂には聞いているが、あまり近づきたくないな。

それにしても、そんな社交界で裏のドンと呼ばれている我が母は凄《すご》い。今更ながら尊敬する。

食事会の会場は、王宮のプライベートダイニングだった。

集まった顔ぶれは、女王陛下、王配殿下、オクタヴィア殿下と第一王子のリュディガー殿下、第二王子のリヒャルド殿下、第三王子のヴェルナー殿下、第二王女のクラリッサ殿下、第三王女のロスヴィータ殿下、第四王女のマデレイネ殿下、第四王子のブルーノ殿下、第五王女のヒルデガルト殿下、そして宰相閣下の十二人。本当に内輪だ。

エスタゾラム王国の王家は九人姉弟、皆、女王陛下が産んだそうで、もちろん王配殿下が父親だ。女王陛下はかっこいいな。

食事が済み、私たちはサロンに場を移した。

みんなでカードゲームをしたり、音楽を奏で歌ったりして、楽しい時間を過ごす。

やはり家族が多いのはいい。

でも何故《なぜ》か、第一王子のリュディガー殿下が元気がないように見えて気になる。

「ヴィア様、リュディガー殿下は何かあったのですか？」

それとなくオクタヴィア殿下に聞いてみた。

「うん。ちょっとね。心配かけて申し訳ない。王族が顔に出しちゃダメだよな」

彼女はため息を吐《つ》く。

これ以上は聞かないほうがいいな。

私は会話を中断するために、お茶をお代わりした。

そうこうしているうちに、楽しかった食事会はあっという間にお開きとなり、私たちは離宮に戻るために馬車に乗る。リカルド様は疲れたのか目を閉じて眠っているようだ。

王宮の食事はもちろん美味《おい》しかったし、女王陛下、王配殿下、オクタヴィア殿下をはじめとする子どもたちもみんな良い人ばかりだった。

滞在中にまた会う約束をみんなでした。森の中の別荘に一緒に行けたらいいのに。

……森の中の別荘か。結婚してからリカルド様と二人でゆっくりする時間がなかったので楽しみだなぁ。

女王陛下の家族を見ていると、子だくさん家族って素敵だなと憧《あこが》れる。

でも、うちは無理か。

まぁ、子供がいなくても、リカルド様と領地のみんながいればそれでいい。領地の子供は私の子供と同じだもんね。

私たちを乗せた馬車が離宮に到着した。

リカルド様はヨハンさんに明日の予定の確認をするそうだ。私は一足先に部屋に戻る。

「ミディア様、脱ぎますか？」

「お願い～」

すぐにメアリーが窮屈なドレスを脱がせてくれた。

髪を解《ほど》き、湯浴みをして、マッサージもしてもらう。

食事だけでもこんなに疲れるのに、夜会なんてどうなるのだろう。

メアリーのゴッドハンドでふにゃふにゃになった私は夜着に着替えた。といっても色っぽいものではなく、肌に優しい素材のスモックドレスに、お腹《なか》の上まであるズボンだ。

ソファーで果実水を飲んでいると、リカルド様が部屋に入ってきた。

湯浴みの後だろうか？　まだ髪が濡れている。

超イケメンの濡れ髪は心臓に悪いわ。

「リカルド様、ちゃんと髪を乾かさないと風邪ひきますよ」

私は覚えたばかりの風魔法でリカルド様の髪を乾かした。

「ミディア、風魔法が使えるようになったんだ。凄《すご》いな」

「凄《すご》くないですよ。使えると楽ちんになる魔法を中心に、アーサー様に教えてもらっているのですが、一番やりたい移動魔法？　転移魔法だったかな、あれはまだできないんです」

リカルド様がふっと微笑《ほほえ》んだ。

「あれは結構魔力がいるからね。ミディアが行きたいところには私が連れていくから、できなくてもいいよ」

いや、それじゃダメなのだ。こっそり王都にスイーツを買いに行ったりしたいんだもの。

「そうですね。でも一人で動かなければいけない時もあるでしょうから、頑張ります」

そう答えると、彼は大きな手で私の頭をポンポンする。

「明日も早いしそろそろ寝ようか」

「はい」

私たちはベッドに移動し、横になった。並んで話をする。

「食事会、楽しかったですね」

「そうだね。賑《にぎ》やかだったね。ん？　ミディアどうしたの？」

不意にリカルド様が身体を起こし、心配そうな顔で私を見る。

私、変な顔をしているのかしら？

「オクタヴィア殿下は兄弟がたくさんいて羨《うらや》ましいなぁと思いまして。私は弟しかいないから」

「弟か、私にも三人いるが、長い間話をしていない。下の二人とは年齢が離れていて、私がおかしくなった頃、二人はまだ幼児だったたし、フェノバールに移ってしまったからほとんど話したことがないんだ。国に戻ったら話をしてみようかな」

「そういえば、私の弟のロバートとリカルド様の弟のアンソニー様は仲が良いのですよ。うちにもよく遊びに来ていました。結婚式で彼がリカルド様の弟だと知ってびっくりしましたわ」

アンソニー様とロバートは仲が良く、アンソニー様はしょっちゅうランドセン家に遊びに来ていた。彼は騎士になりたいと言い、私とよく剣を交えていたのだ。まさか王子だったなんて結婚式で会うまで気がつかなかった。

「そうなのか。だからあの時、アンソニーと話していたんだね」

「見ていたのですか？　声をかけてくれれば良かったのに」

そこでリカルド様が目を伏せる。

「親しそうに話していたから怖くて入れなかったんだ」

「怖くて？」

「あぁ、弟が私より君と仲良くしているのが怖かった……」

この人は何を言っているのだろう？　怖いなんて。

切なくなった私はリカルド様をぎゅっと抱き締めた。

「アンソニー様は義弟ですわ。順位をつけるならリカルド様が一位、アンソニー様とロバートが二位、で、後は同率三位かしら」

わざとおどけた顔になる。

「ランドセン侯爵は？」

父？

「父はランク外です」

そこでクスクス笑った。

「ランク外か。酷《ひど》いな」

リカルド様も笑っている。

良かった。また闇から引き上げることができた。

まさかアンソニー様と私をそんなふうに見ていたなんて。怖かったなんて。

どうしてこの人はそんな感情を持ってしまうのだろう。

やっぱり私が守ってあげなきゃダメだな。十二歳も年上なのにピュアすぎて可愛い。

「リカルド様、国に帰ったらアンソニー様をフェノバール領に呼びましょう。剣の稽古をつけてあげたら喜びますよ」

「そうだな。今まで兄らしいことを何もしていなかった。今更かも知れないが、弟と話がしたい」

ようやくリカルド様がはにかんだ笑みを見せた。


次の日の朝。

鍛錬《たんれん》をしていると、オクタヴィア殿下が現れた。

「お二人とも早い〜。出遅れましたわ」

「今始めたばかりですよ。一緒に走りますか？」

私たちは三人で離宮の庭を軽く走る。朝日を浴びてキラキラ光る木々の葉が綺麗だ。

フェノバール領の屋敷の庭にも、もっと木を植えよう。

走り終わり、柔軟体操をしているところに、エスタゾラム王国の騎士団員らしき人たちが、やってくる。

「殿下〜、私たちを置いていかないでくださいよ」

「お前たち遅いからな。閣下、うちの騎士団の奴らです。可愛がってやってください」

可愛がってって、なんだ？

リカルド様と騎士団の人たちが剣の稽古を始めたので、私もオクタヴィア殿下と剣を交える。

「ミディア、その剣いいね。凄《すご》く扱いやすそうだ」

「リカルド様に頂いたのです。我が領地には素晴らしい匠《たくみ》がいて、作ってもらったそうです。それまで使っていた剣は重かったのに、これは扱いやすいんですよ」

「閣下の愛がつまった剣だね。その飾りは閣下の瞳の色だし、ミディアは愛されてるなぁ」

「まさか、私たちは政略結婚ですよ。年も離れているし、愛とかそんなのは……」

「ミディアは鈍いのだな。私から見たら閣下はミディアにベタ惚《ぼ》れだよ。いいなぁ。私もそんな相手に巡り会いたいものだ」

オクタヴィア殿下は何を言っているのだろう。想像力が豊かすぎる。

「国に戻ったら、殿下の剣を作ってもらってプレゼントしますわ」

「本当に⁉　嬉しいな。楽しみにしているよ」

殿下とは実力が同じくらいらしく、剣を交えるのがとても楽しい。二人とも白熱し、予定時間をかなりオーバーしてしまった。

急いで汗を拭き、朝食を食べる。いよいよこの国の見学だ。

馬車でオクタヴィア殿下に案内してもらう予定だった。

この国では、年齢、身分、性別に関係なく、仕事を選べる。女王の国だけあり、女性の就職率が高い。そう聞いていたとおり、働く女性がたくさんいた。

職業訓練学校も見学させてもらう。

とても興味深い。フェノバール領にも作りたいと思った。

途中、王都で流行《はや》りのレストランでランチをとることになる。ついでにその店の厨房《ちゅうぼう》も見学させてもらう。女性のシェフやパティシエの存在に、驚いた。

その後、私たちは一般客用とは別の個室に案内される。

この店は高位貴族のお忍び用の個室がいくつかあるそうだ。

そこで案内をしてくれているディレクトールが、オクタヴィア殿下に何やら耳打ちをする。

「殿下、今日はゲゼル公爵令嬢がお見えになっております。お顔が合わないように気をつけておりますが、あの方のこと、何をするか分かりません。ご注意くださいませ」

ゲゼル公爵令嬢？　誰だろう？

私の耳は魔法かと思うくらいよく聞こえる。小さな話し声も拾ってしまうので、ちょっと困っている。

「殿下、ゲゼル公爵令嬢とは？」

「えっ？　聞こえたの？」

オクタヴィア殿下は目を丸くした。

「ミディアは魔法かと思うくらい地獄耳なんですよ」

リカルド様がクスッと笑う。

「聞こえたなら仕方ない。私の従姉妹《いとこ》だよ。母の弟の娘なんだ」

「問題がある人なのですか？」

「うん、ちょっとね。リュディガーが付きまとわれて困っている」

「従兄弟なのに？」

私はこてんと首を傾《かし》げた。

「我が国は結構、従兄弟同士で結婚するカップルが多いんだ。ゲゼル公爵令嬢——フローラは昔からリュディガー狙いだった」

オクタヴィア殿下が眉根を寄せる。

「リュディガーは好きな人がいたんだ。でも、弟が留学している間に彼女はフローラに虐《いじ》められ、大怪我を負ってリュディガーの前から消えた」

何それ？　腹立つわ。

「フローラ嬢は罪にならなかったのですか？」

リカルド様が問う。

「王弟の娘なんで、子爵令嬢の彼女は泣き寝入りするしかなかったようです。私たちはリュディガーとその令嬢が思い合っていることも知りませんでした。せめて知っていたら、フローラから守れたかもしれなかったのに」

オクタヴィア殿下が拳《こぶし》を握り締めた。

「リュディガー殿下は今でも？」

「あぁ、彼女以外とは添《そ》い遂《と》げるつもりはないと言っている」

昨日、食事会で同じ時間を過ごした時のリュディガー殿下は、博識で優しく穏やかなお人柄に思えた。

「その令嬢は今は？」

私の質問に、オクタヴィア殿下が首を横に振る。

「ミディアそこまでにしよう」

そこでリカルド様が私の肩に手を乗せた。

私の悪い癖だ。すぐに何にでも首を突っ込んでしまう。

リカルド様が手を私の頭に移動させ、ぽんぽんと撫《な》でる。

不意に、扉が容赦《ようしゃ》なく叩《たた》かれた。

「オクタヴィア殿下！　フローラですわ。開けてくださいな」

オクタヴィア殿下が苦虫を噛み潰したような顔になる。

「早く鍵を持ってきなさいよ！　本当に役に立たないわね。私を誰だと思っているの！」

誰かを罵倒《ばとう》する声が聞こえてきた。

「いいえ、ここを開けるわけにはいきません」

扉の向こうは、押し問答をしているようだ。

「お店の方に危害を加えそうですね」

「そうですね。仕方がありません。開けましょうか。お二人はうちの影と護衛騎士が守ります。下がっていてください」

私たちにそう言うと、オクタヴィア殿下は扉を開いた。

「フローラ、店の人に迷惑をかけるな」

「まぁ、お姉様が開けてくれないからですわ。どなたと一緒ですの？」

「君には関係ない」

フローラ嬢がオクタヴィア殿下を振り払い、私たちに近づく。

「まぁ、素敵なお方。お姉様の婚約者候補かしら？　こちらは、まさかリュディガー様の？」

「君には関係ないと言っただろう。護衛騎士、この女を連れていけ！　ゲゼル公爵家に戻し、家から出すなと叔父上に伝えろ！」

オクタヴィア殿下は尋常ではない怒り方をしている。

「酷《ひど》いわ！　私はフローラ、女王の唯一の弟の娘ですのよ」

フローラ嬢はリカルド様にますます近づいた。

「あなたはとても素敵だから、一緒に食事をしてあげてもよくてよ。私から声がかかるなんて光栄だと思いなさい。ふふふふふ」

「フローラ！　いい加減にしろ！　早く連れていけ！」

「何よ！　離しなさいよ！　お姉様なんてお父様に言って消してもらうわよ！」

護衛騎士たちが文句を言い続けるフローラ嬢を連れていく。

「お恥ずかしいところをお見せしました。あんなのと血が繋がっているかと思うと情けなくなります」

オクタヴィア殿下は吐き捨てるようにそう言った。その言葉にリカルド様は苦笑いをしている。

「あの方はいつもあんな感じなのですか？」

「ええ、あんな感じです。叔父の一人娘で甘やかされて育ったせいか、なんでも自分の思いどおりにならないと気が済まないようで、権力を使い酷《ひど》いことを平気でやるのです」

どこの国にもそんな奴はいるんだな。リュディガー殿下の想い人もあいつに酷《ひど》い目に遭《あ》わされたのか。

「叔父自身も権力を振りかざして周囲に迷惑をかける人間なので、なんとか叔父の家ごと失脚の機会を窺《うかが》ってはいるのですが……」

オクタヴィア殿下はため息ばかりだ。

「リュディガーが中心となって叔父上の悪事を調べても、なかなか尻尾《しっぽ》が掴《つか》めないのです。何かきっかけがあればそれを元に捕らえ、そこから失脚させられると思うのですが。証拠はなくとも、叔父が母を失脚させこの国の王になろうと企《たくら》んでいるのは間違いありません」

なんだか話がきな臭くなってきた。こんな話を、個室とはいえレストランでしても大丈夫なのか？

「あぁ、すまない。この部屋は遮音魔法をかけているので、話は外に漏れないんだ」

「えっ？　ヴィア様は私の考えていることが分かるのですか？」

私は分かりやすいかもしれないが、さすがにこんなことまで顔には出ないはずだ。

「申し訳ない。黙っていたが、私はその人が考えていることがなんとなく分かるんだ。王家に生まれ、女王になるべく選ばれた者はみなその力を持っている。だから叔父の謀反《むほん》も知っているんだ」

「そんな重大な秘密を私たちに言ってしまって大丈夫なのですか？」

リカルド様が口を開く。オクタヴィア殿下は私たちを見た。

「信用しています。あなた方には悪意が全くない。得難い方々です。どうか我が国を助けてはいただけないでしょうか」


その後、今日の予定を終え、私はリカルド様と離宮に戻った。

「結局、私たちがこの国に来たのは、そういうことなんでしょうか？」

私はベッドの中でリカルド様に疑問をぶつける。

「そうだろうね。母上に謀《はか》られたな。全て承知の上で私たちをここに送り込んだんだろう。帰ったら文句を言わないとな」

リカルド様が苦笑する。

「ミディアはどう思う？」

「私は王弟殿下に会ってみたいです。あとリュディガー殿下とその想い人も気になります」

「だろうな。明日、私は王弟殿下との昼食会か……」

「私も一緒に行きたいです」

「ミディアは危ないからオクタヴィア殿下と一緒に他の場所に見学に行ったほうがいい」

「嫌です」

「困ったなぁ。ミディアはダメだと言っても聞いてくれない。分かったよ。オクタヴィア殿下に連絡を入れよう。でも、明日はおとなしくしているんだよ」

そう言いながら、リカルド様は私の頬に触れた。

「ミディアに何かあったら私は生きていけないからね」

はぁ～。まったくもう、この人は何を言っているんだ？　子供を揶揄《からか》うのもいい加減にしてほしいよ。

「何言ってるんですか。もう寝ますよ」

私は布団の中に潜《もぐ》った。


初めて会った王弟殿下は女王陛下にはちっとも似ていなかった。

感じの悪いオジさんだ。

ランチ会に来たのは王弟殿下と夫人、そしてフローラ嬢だった。

リカルド様がお土産《みやげ》のお菓子の箱をテーブルに載せる。

「これは我がノルスバン王国の名物菓子です。あまりの美味《おい》しさに皆虜《とりこ》になります。殿下方にぜひ食べていただきたく持参いたしました」

王弟親子はお菓子に目がないと昨日オクタヴィア殿下が言っていたのだ。

「おぉ、美味《うま》そうだな。早速頂こう。フローラもどうだ？」

「いただきますわ」

二人はリカルド様のお土産《みやげ》のお菓子をパクパク食べている。

しかし、リカルド様、いつこんなお菓子を用意したのだろう？　ノルスバン名物？　聞いたことも見たこともない……

自分が悪事を企《くわだ》てているくせに、この人たちは危機管理能力がない。このお菓子に毒でも入っていたら死んでしまうのに躊躇《ちゅうちょ》することなく口に入れる。リカルド様を信じているのかもしれないが、お粗末だ。

そのくせ、王弟殿下はリカルド様を取り込もうと言葉巧《たく》みに誘っていた。饒舌《じょうぜつ》だな。

「やはり、ノルスバン王国は国王が中心になって国を動かしているだけあり、安定している。私は国の長は男が良いと思う。君もそう思うだろう」

リカルド様が静かに微笑《ほほえ》む。王弟殿下は同調されていると思い気を良くしているようだ。一人でつまらない話を喋《しゃべ》りまくった。

自慢話ばかりで、私はあくびが出そう。リカルド様は偉いなぁ。貴族の鑑《かがみ》だわ。

「ねぇ、お父様、退屈だわ。閣下と二人で散歩に行っちゃダメ？」

フローラ嬢が王弟殿下におねだりをする。ダメに決まっているだろ。

「いいよ。行ってくるがいい」

それなのに、彼はリカルド様に聞くことなく許可を出した。

ニヤニヤと笑っている。

「妻が一緒なら行きますが、令嬢と二人ならご辞退いたします」

リカルド様は氷の笑顔だ。

「可哀想〜。こんな奥様に気を遣わなくてもよろしいじゃない？　閣下も本音では私と二人になりたいんでしょ？」

フローラ嬢が上目遣いで目をパチパチさせた。

娼婦か？

表情は変えていないが、リカルド様は猛烈に怒っている。彼女は調子に乗りすぎたようだ。

「奥様はオクタヴィア殿下と馬車で移動中に亡くなったりして？　そこで傷心の閣下を私が慰《なぐさ》め、愛が芽生えたなんて、どうかしら？　お父様が国王になれば、私は王女。閣下にも悪い話ではないと思うわ」

凄《すご》い発言だな。私はオクタヴィア殿下と一緒に事故に見せかけて消されるらしい。

アーサー様が作ってくれた会話を保存できる魔道具を持ってきておいて良かった。

「私は妻で充分満足しております。あなたに懸想《けそう》することなどありえない。しかもあなたはリュディガー殿下を想っているのではないのですか？」

リカルド様の言葉にフローラ嬢は声を出して笑う。

「リュディガー？　この国の男で将来一番力を持ちそうだから擦《す》り寄《よ》っただけだわ。私は一番じゃないと嫌なの。でもお父様が国王になるなら、リュディガーなんてつまらない男いらない。あなたのほうが素敵。ねえ、こんな子供消して、私たちと一緒にこの国を自分のものにしない？」

「そうだ。やはり国は男が動かさねば回らないのだ。姉上のように清廉潔白《せいれんけっぱく》ではやっていけん。それなのに義兄上《あにうえ》は男のくせに姉上の言うがままだ。女をあてがってこちらに引き入れようとしても拒絶しよる。つまらん奴だ」

それにしてもこの親子、ペラペラよく喋《しゃべ》る。大丈夫か？

私の内心の驚きをよそに、リカルド様が身体を乗り出した。

「では、女王になり代わり王弟殿下が国王になると？」

「そうだ。クーデターだ。女王一家を皆殺しにし、私が王になる。フローラは王女だ。そんな小娘は捨てて、フローラの婿《むこ》にならんか？」

「なりません」

そこで彼が私に目配せをする。

私は認識阻害魔法で気配を消して立ち上がり、部屋の扉を少し開けた。扉の向こうには騎士団とオクタヴィア殿下、リュディガー殿下がいる。

私はオクタヴィア殿下と無言で目を合わせてから、リカルド様を見て頷《うなず》いた。リカルド様が立ち上がる。

「ゲゼル公爵、あなたの思いは叶いません。この国は女王の国。素晴らしい国です。あなたの思いどおりになどさせません」

リカルド様の言葉を合図に、扉が開き騎士たちがなだれ込む。

「二人を捕らえよ！」

オクタヴィア殿下の声が響いた。

「お前！　私たちを謀《たばか》ったのか！」

「私は初めから女王側の人間ですよ」

リカルド様が黒い笑みを見せた。

「閣下、ミディア、ありがとう。これで叔父上一派を壊滅できる。ミディアの魔道具は凄《すご》いな。会話を保存できるなんて、これ以上ない証拠になる」

オクタヴィア殿下はアーサー様の魔道具に興味があるようだ。

「それにしてもあの二人はなんであんなにペラペラ話したんでしょう？」

私にはそこが不思議で仕方がない。

「菓子だよ。あれに自白剤が練《ね》り込《こ》まれていたんだ」

はーん。なるほどなぁ。ノルスバン王国名物のお菓子を私が知らないなんて変だもんね。

「お二人は警戒心がないようで、パクパク食べていましたものね」

「前の日に母上が『フェノバール公爵からお土産《みやげ》に頂いたお菓子、物凄《ものすご》く美味《おい》しかったわ。お取り寄せしたくなるくらい』と叔父上に話をしたんだよ。だから菓子好きの二人は閣下のお土産《みやげ》を食べたかったのだろう」

チョロすぎる。そんなんでよくクーデターを起こそうとしたなぁ。だから失敗するんだ。

それにしても自白剤って怖い。盛られることはないと思うけど、気をつけなきゃね。

今回の計画はノルスバン王国の王妃であり、私の義母であるアビゲイル殿下が立てたそうだ。彼女の書いた筋書きどおり上手《うま》いこと進んだという。

「さすが母上だな。腹黒策士だけのことはある」

不意にリカルド様が独《ひと》り言《ごと》をこぼした。

自白剤が効いている王弟親子はその後も自分たちの計画を自慢げに話し、仲間の貴族も判明する。中にはフローラに弱みを握られ、脅されて仲間に加わった家門もあるらしい。その辺りをどうするかが、女王陛下の悩みどころだろう。

翌日。

私はリュディガー殿下とその恋人に会いに行くことになった。恋人のことはフローラ嬢から守るためにリュディガー殿下が匿《かくま》っていたそうだ。

フローラ嬢に負わされた大怪我は魔法で回復しているらしい。彼女は今、湖畔の屋敷で暮らしている。

オクタヴィア殿下、リュディガー殿下と一緒にそこを訪ねると、小麦色の肌をした女性が庭で鍬《くわ》を振るっていた。

「アンネリーゼ！」

リュディガー殿下が彼女に駆け寄る。

「彼女が私の愛する唯一無二のアンネリーゼです」

女性を紹介する殿下は自慢げな顔だ。唯一無二っていい響きだな。

「アンネリーゼは逞《たくま》しいだろう？　私も初めて会った時はびっくりした。リュディガーがこういう強い女性が好みだったとはね」

オクタヴィア殿下がケラケラと笑う。

「アンネ、こないだ話したノルスバン王国のフェノバール公爵と夫人のミディアローズ様だよ」

「アンネリーゼでございます。こんな格好で申し訳ございません」

アンネリーゼ嬢は恥ずかしそうにリュディガー殿下を睨《にら》んだ。

「もう、いらっしゃる時間をちゃんと伝えてくれれば良かったのに。まだだと思って畑仕事をしちゃってたじゃない」

アンネリーゼ嬢はおかんむりだ。リュディガー殿下が「ごめん、ごめん」と謝る。

「アンネ、気にすることはない。ミディアはきっと今みたいな感じが好きだと思うぞ」

オクタヴィア殿下が楽しそうにフォローした。確かにそのとおりだ。

「アンネリーゼ様、ミディアローズです。よろしくお願いします。あっ、夫のリカルドですわ」

私はリカルド様を紹介した。

「それより、私も借りていいですか？」

ついでに、アンネリーゼ嬢の手から鍬《くわ》を奪い取り、畑を耕してみる。

畑は結婚する前から趣味でやっていたが、結婚してから領地の農家の奥さんたちに仕込まれて、今ではなかなかいい感じの腕前になった。

そんな私の姿を見て、オクタヴィア殿下とリュディガー殿下が目を見開く。

リカルド様は苦笑した。

「申し訳ない。ミディアはこんな感じなんですよ。国でも領地のみんなと泥んこになって楽しんでいるんです」

「アンネと同じタイプですね」

「リュディガー様、それは夫人に失礼ですわ。私は元々貧乏子爵の娘、生活のための農業と夫人のは違います」

リュディガー殿下の想い人は子供の頃から土と戯《たわむ》れていたのか。

「とりあえず中にどうぞ。畑で採れたさつまいもでスイートポテトを作りましたの。皆さん召し上がってくださいな」

アンネリーゼ様が私たちを家に促《うなが》した。

うひょ～！　スイートポテト！　テンション上がっちゃうわ。

屋敷の中に入り、サロンに案内される。アンネリーゼ嬢は着替えるために一旦席を外した。

「元気になって良かったな」

オクタヴィア殿下がリュディガー殿下の肩を叩《たた》く。

「ええ、一時はどうなることかと思いました」

アンネリーゼ嬢はフローラ嬢のせいで馬車の事故に遭《あ》って重傷を負い、生死の境を彷徨《さまよ》ったそうだ。何日も目覚めず死を覚悟した時に、我が国の王妃であり、私の義母でもあるアビゲイル殿下が、魔法医療の盛んな国の病院に入る手筈《てはず》を整えたという。その病院は魔法を使って身体と心を治すらしい。そういえばチャーリー先生は、その国で医術を学んだと聞いた気がする。

まさか、それも義母が？

そうかもしれないな。魅了の魔法が解《と》けた後の行き場のなかったチャーリー先生に手を差し伸べたのだろう。義母らしい。

アンネリーゼ嬢はその病院に一年ほど入院してこの国に戻り、死んだことにしてこの屋敷で暮らしていたそうだ。

もう、フローラ嬢も王弟もいない。生きていることを公表し、リュディガー殿下との婚約も発表するらしい。

着替えを終えて戻ってきたアンネリーゼ嬢は、「辛《つら》い思いをしたけど、今は幸せです」と優しく微笑《ほほえ》んだ。

今、エスタゾラム王国では、国費で希望者をかの国の魔法医療学校に留学させ、魔法医療を学ばせているそうだ。もうすぐ第一号の魔法医師と魔法看護師が国に戻ってくるという。

フェノバールもいつかそんなことをやりたいな。帰ったらチャーリー先生や王妃殿下に相談してみよう。まぁ、その前にリカルド様と話し合わなきゃ。

エスタゾラム王国に来てからドラマチックな毎日で、のんびりする暇もない。王妃殿下は「二人でのんびりしていらっしゃい」と言っていたような気がするが「二人でバタバタしていらっしゃい」の間違いではないのだろうか？

そんなふうにあらかた見学が終わった。

明日からは本当の新婚旅行、森の中の別荘に滞在させてくれるらしい。

そして今は、オクタヴィア殿下と私たちは離宮のサロンでお茶を飲みながら歓談している。

「明日からは私も邪魔しないから二人でイチャイチャすればいい。閣下は叔父上に『妻で充分満足している』と言っていたものな。リュディガーのところも仲良しでベタベタしているし、ミディアと閣下も仲良いし。いいなぁ～、私も結婚したいなぁ～。閣下、ほんとに誰かいませんか？」

今日のオクタヴィア殿下はえらく絡んでくる。

それにしても、婚約者か……

「帰ったら母と義母に心当たりがないか聞いてみるよ。二人は交友関係が広いから誰かいるかもしれないしね」

確かにあの二人は最強だ。きっとぴったりの人を見つけてくれるだろう。私のように……。私のように？　えっ？　え～。

「ミディアどうしたの？　一人で百面相かい？」

リカルド様が笑っている。

ほんとにもう知らない。


夜が明けた。

私たちは森の中の別荘に向かう。

三日間は二人でのんびりする予定だ。

森の中の別荘までは二時間くらいらしい。馬車にはリカルド様と私、そしてメアリーが乗っている。マイクは御者席《ぎょしゃせき》だ。

「ミディア、向こうに着くまで少し眠ればいいよ。メアリーも」

「私は大丈夫です。ミディア様を見張ってないといけませんし」

メアリー、冗談なのかそうでないのか分からないからやめて。

「私がいる時はちゃんと見ているから大丈夫だよ」

リカルド様がクスッと笑う。

まったく二人とも酷《ひど》いわ。もう寝てやる。

私はそこでうつらうつらしはじめた。

ところが突然、馬車が止まる。居眠りをしていた私は前に転がり落ちそうになり、リカルド様が腕を出し抱き止めてくれた。

彼は御者席《ぎょしゃせき》に繋がる窓を少し開け、マイクに話しかける。

「何かあったか？」

「賊です。囲まれました」

賊？

「何故《なぜ》、賊が？」

私は訳が分からず、リカルド様の顔を見る。

「王弟派の生き残りかもしれないな。私たちのせいでクーデターが阻止されたからね」

リカルド様は急いでオクタヴィア殿下に魔法で一報を飛ばす。

「ミディア、絶対に外に出るんじゃないよ。中でメアリーと身体を伏せて待っていて。メアリー頼んだよ」

そう言って扉を開けて外に出た。

私はメアリーを守らなくては、と思い、馬車の床に伏せる彼女に覆い被さる。

剣と剣がぶつかり合う音がキンキンと聞こえた。

私は少し身体を起こし、隠れながら窓から外を見る。

リカルド様と護衛騎士たちが賊と剣を交えていた。

リカルド様、強い。賊たちをどんどん倒していく。めっちゃカッコいい！

つい見惚《みと》れてしまった。

暫《しばら》くして、もう一度身体を伏せる。

やがて、音がやむ。

そこで本格的に身体を起こし、窓から外の様子を見る。馬車の周りにはたくさんの男たちが転がっていた。

馬が走ってくる音も聞こえてくる。

馬はたくさんいるようだ。連絡を受けた騎士団が来てくれたらしい。

私は耳がいいので結構遠くの音も拾える。さっきも居眠りしていなければ、賊の襲来が分かったのに。

「——閣下、大丈夫ですか？」

オクタヴィア殿下の声だ。来てくれたんだな。

「ええ、なんとか」

「ミディアは？」

「中です」

馬車の扉が開き、リカルド様の顔が見えた。私はすぐに彼の身体を確認する。

「リカルド様〜、怪我は？」

「ないよ。大丈夫さ」

良かった。大丈夫だと思っていてもやっぱり心配だ。

賊が騎士団の騎士たちに縄で縛り上げられている。このまま王都まで連行されるそうだ。

オクタヴィア殿下が申し訳なさそうにしている。

「叔父一派が捕まったから油断していました。もっと護衛をつけるべきでしたね。私の判断ミスで閣下にご迷惑をおかけしました」

リカルド様に頭を下げている。

「つけていただいた護衛騎士は優秀でしたよ。彼らと私、マイクがいれば、これくらいの賊はなんでもありません」

確かになんでもなかった。

「せっかく森の中の別荘でお二人にゆっくりしていただこうと思ったのですが、やはりあちらでは警備が手薄になります。こんなことがありましたし、離宮にお戻りいただけませんでしょうか？」

オクタヴィア殿下の言葉に、リカルド様は私の顔を見る。私は頷《うなず》いた。

「そうですね。騎士の皆さんにご迷惑をかけるのも申し訳ないですし、離宮に戻ります」

楽しみにしていたのだが、私たちはまた王都の離宮に逆戻りした。

それにしてもリカルド様カッコ良かったな。鍛錬《たんれん》を見て強いのは知っていたが、実戦を見るのは初めてだ。

惚《ほ》れ直《なお》してしまったわ。

ん？　惚《ほ》れ直《なお》した？　あら、私、リカルド様に惚《ほ》れていたの？

――思いがけないことで、私は自分の気持ちを自覚してしまった。


離宮は、警備の騎士の数を前より増やしたようだった。

昨日までとは違い、中ではリカルド様と私を二人だけにしてくれる。

もちろん朝の鍛錬《たんれん》も食事も二人きりだ。広い離宮の中庭を散歩したり、裏庭にある湖の側でピクニックのようにランチをしたり、みんなに守られながらのんびりさせてもらった。

やはりあの賊は王弟派の貴族の手の者だったそうだ。私たちを襲撃し、混乱しているうちに王弟を牢から助け出そうとしたらしい。まさかリカルド様があんなに強いとは思わなかったのだろう。

三日間、リカルド様とのんびり過ごし、最終日の夜会となった。

この夜会でリュディガー殿下の婚約を発表するそうだ。

アンネリーゼ嬢の家は子爵家から伯爵家に陞爵《しょうさく》された。これで身分的な問題も解決する。

「ノルスバン王国、リカルド・フェノバール公爵閣下、並びにミディアローズ・フェノバール公爵夫人」

私たちの名前が呼ばれた。

私にとって初めての夜会。緊張するが、リカルド様がいてくれるから大丈夫だ。初めてダンスもする。やっぱりドキドキするなぁ。

それでも、リカルド様が傍《そば》にいるだけで安心する。

初めて会った時はなんて奴なんだろうと思った。こんな男と結婚したくない、と。

でも中身を知れば知るほどリカルド様に惹《ひ》かれている。

いつかちゃんとした夫婦になれるのかな？

本当なら私みたいなじゃじゃ馬と結婚するような人じゃない。こうやって夜会会場で見ると、ほんとに高貴な人なんだと再確認する。

食事中、隣の席に座る彼を思わず見つめてしまう。

「ミディアどうしたんだい？　お腹《なか》痛い？」

「へへへ、美味《おい》しすぎて食べすぎちゃったみたいです」

気づいたリカルド様に心配されたが、笑って誤魔化《ごまか》しておこう。

いつかリカルド様に相応《ふさわ》しい人にバトンを渡す日が来るまで、私は私にできることをすればいい。

けれど、そんな日なんか来なければいいと思いはじめている。

ずっとリカルド様と一緒にいたい。

そう思った。


「――それで、今回は何もしなかったんですか？」

屋敷に戻るなり、アーサー様にそう言われた。

「何もしないわよ。ちゃんと賢くおとなしくしてたわ！」

「メアリー、本当？」

なんでメアリーに聞くんだ。

メアリーは半笑いだ。

「表立っては特に大丈夫でしたよ。オクタヴィア殿下もミディア様系の人でしたので、あちらの王家の方々もこのタイプに慣れていらっしゃるようでした」

「え～、同じタイプ⁉　ミディア様が二人なんて地獄だ～。イテテテテ」

私はアーサー様の耳を思い切り引っ張ってやった。リカルド様はクスクス笑っている。

日常が戻ってきた。

やっぱりフェノバールはいい。

さぁ、エスタゾラム王国で学んだことをこのフェノバールで活《い》かせるように考えよう。先のことなんて気にしない。今できる精一杯のことをしなければ。

「そうだ。オクタヴィア殿下は王配を探しているの。アーサー様、どう？」

「アーサーか。いいかもしれないな」

私の提案に、リカルド様が頷《うなず》く。アーサー様の顔色が悪くなった。

「勘弁してくださいよ。ミディア様と同じタイプなんでしょ？　むりむり。私は絶対無理です」

「冗談だよ。フェノバール領も私もアーサーがいなくなったら困る。まぁ、アーサーがどうしても
というなら泣く泣く手放すが……」

「言いません！　私は死ぬまでこのフェノバール領にいます！」

アーサー様はからかいがいがあるなぁ。

「ミディア、私は頑張るよ。このフェノバールのために。そしてミディアのためにね」

リカルド様が顔を赤らめて宣言する。

よっしゃあ！

「私も頑張りますよ！」

私は彼の宣言に応えて、腕まくりをしたのだった。

可愛い義妹が
婚約破棄されたらしいので、
今から「御礼」に参ります。
1～2
RC Regina COMICS
原作 春先あみ
漫画 桜井しおり
最強夫婦の
痛快ざまぁファンタジー！
賢く美しく、勇敢なローゼリア。幼馴染みの婚約者・ロベルトとの結婚式を迎え、彼女は幸せの絶頂にいた――ある知らせが届くまでは。なんと、ロベルトの妹・マーガレットがボロボロの姿で屋敷に帰ってきたのだ！　聞けば、王太子に無実の罪で婚約破棄され、ひどい暴行まで受けたという。彼女を溺愛しているローゼリアは、マーガレットを理不尽な目に遭わせた王太子に真っ向から報復することにして――？
「殴ったのなら、殴られても文句はないですわね？」
絢爛豪華な復讐劇、ここに開幕!!
カネの亡者に悪徳領主
腐った林檎は切り捨てましょう
アルファポリス・サイトにて累計200万PV突破!!
大好評発売中！
B6判／各定価：748円（10％税込）
無料で読み放題
今すぐアクセス！
レジーナWebマンガ

この作品に対する皆様のご意見・ご感想をお待ちしております。

おハガキ・お手紙は以下の宛先にお送りください。

【宛先】

〒150-6008 東京都渋谷区恵比寿4-20-3 恵比寿ｶﾞｰﾃﾞﾝﾌﾟﾚｲｽﾀﾜｰ8F
（株）アルファポリス　書籍感想係

メールフォームでのご意見・ご感想は右のＱＲコードから、
あるいは以下のワードで検索をかけてください。

アルファポリス　書籍の感想　検索

ご感想はこちらから

本書は、「アルファポリス」（https://www.alphapolis.co.jp/）に掲載されていたものを、
改題、改稿、加筆のうえ、書籍化したものです。

魅了《みりょう》が解《と》けた元王太子《もとおうたいし》と結婚《けっこん》させられてしまいました。

なんで私《わたし》なの!?　勘弁《かんべん》してほしいわ！

金峯蓮華（かなみね れんげ）

2023年 12月 5日初版発行

編集－黒倉あゆ子
編集長－倉持真理
発行者－梶本雄介
発行所－株式会社アルファポリス
〒150-6008 東京都渋谷区恵比寿4-20-3 恵比寿ｶﾞｰﾃﾞﾝﾌﾟﾚｲｽﾀﾜｰ8F
TEL 03-6277-1601（営業） 03-6277-1602（編集）
URL https://www.alphapolis.co.jp/
発売元－株式会社星雲社（共同出版社・流通責任出版社）
〒112-0005 東京都文京区水道1-3-30
TEL 03-3868-3275
装丁・本文イラスト－桑島黎音
装丁デザイン－AFTERGLOW
（レーベルフォーマットデザイン―ansyyqdesign）
印刷－中央精版印刷株式会社

価格はカバーに表示されてあります。

落丁乱丁の場合はアルファポリスまでご連絡ください。

送料は小社負担でお取り替えします。


ISBN978-4-434-32962-3 C0093